Jens Korbus

# *Das Geschenk & Karlsbad tanzt*

Zwei Erzählungen über Goethe

Die Deutsche Nationalbibliothek verzeichnet diese Publikation in der Deutschen Nationalbibliothek; detaillierte bibliographische Daten sind im Internet über http://dnb.d-nb.de abrufbar.

Umwelthinweis:
Dieses Buch wurde auf chlorfrei gebleichtem Papier gedruckt.

© 2019 Jens Korbus
Herstellung und Verlag:
BoD – Books on Demand, Norderstedt
1. Auflage
Layout und Cover: Manuela Wirtz, www.manuwirtz.de
Coverbilder: Wikimedia Commons, Johann Wolfgang Goethe von G.M. Kraus, 1775/76 • Goethe-Zeichnung aus Italien, Grabinsel des Therra in Girgenti (Sizilien) • Carlsbad, Aussicht vom Friedrich Wilhelms - Platz. Gestochen und gezeichnet von Ed. Gurk. Altkolorierte Lithographie, um 1825.

Printed in Germany
ISBN 9-783 749 433322

Jens Korbus

# *Das Geschenk*

Die Geschichte von Goethe, Riemer und Caroline Ulrich

und

# *Karlsbad tanzt*

Goethes Flucht nach Italien

# *Inhalt*

# Das Geschenk

Die Geschichte von Goethe, Riemer und Caroline Ulrich

# 1. Im Goethehaus

Die Trauung von Friedrich Wilhelm Riemer mit Goethes „Nenntochter" Caroline Ulrich, die wie Riemer in Goethes Haus am Frauenplan in Weimar gelebt hatte, sollte um achtzehn Uhr beginnen, als Goethe den großen Vorsaal seines Hauses betrat. Seine Arme schwangen leicht hin und her. Es war der 8. November 1814, siebzehn Uhr. Riemer erschrak, stand auf, ging ins angrenzende Junozimmer und wandte sich dem Piano an der Zimmerwand zu. Goethe trug einen blauen Rock und hatte seine Haare schon gepudert.

Ich bin ja aufgestanden, nur weil der hereingetreten ist, dachte Riemer, derjenige, der mir seine Freundin abtritt. Man sah Goethe seine fünfundsechzig Jahre an. Riemer setzte sich schnell wieder, damit es nicht so aussah, als sei er devot. Goethe hatte etwas Gewandtes, so wie er sprach: „Ich freue mich, Sie zu sehen, Riemer!" – Goethe hatte ihn angeredet, als gehöre er, Riemer, ihm. Er ist wirklich der König der schriftstellerischen Intelligenz, dachte Riemer. Großherzig fühlte er sich wohl auch, weil ich Caroline seit elf Jahren angebetet habe. Sie war am 12. März 1790 in Rudolstadt geboren. Ihre Mutter war in zweiter Ehe verheiratet, ihr Vater, ein

Notar, konnte weder die kostspieligen Neigungen seiner Frau befriedigen, noch sie dauerhaft an sich binden. Die Mutter starb, und Caroline kam als Waise früh mit Goethe in Berührung. Ab Februar 1808 war sie jeden zweiten Tag bei Goethe zu Tisch. Goethe zog solche anmutigen, literaturvertrauten Frauen gern an sich heran.

Wir haben zusammen in seinem Haus gelebt, dachte Riemer, drei Jahre lang, Tür an Tür, von 1809 bis 1812. Dann hatte er endlich seine eigene Wohnung bekommen. Goethe sagte zu Caroline du. Er küsste Caroline in aller Öffentlichkeit, stellte sie zuweilen als seine Nichte vor. Caroline war vielleicht stärker in Goethes Gedankenwelt eingedrungen als er, Riemer. Goethe diktierte ihr, sie schrieb die Briefe für Christiane, die des Schreibens kaum mächtig war, und ihre Schriftzüge hatten sich beim Kopieren seiner Gedichte denen Goethes angeglichen. Caroline führte auch, fast selbstständig, Goethes Tagebuch. Gab es auf der Welt ein zweites weibliches Wesen, das zu ihm, Riemer, passte. Sie waren beide Goethes Geschöpfe, nur dass Caroline eine junge Frau war. Und junge Frauen hatten Goethe schon immer angezogen. Aber am Ende hatte Goethe zustande gebracht, was er eigentlich nicht gewollt hatte. Die Heirat.

Er wird doch seine Zustimmung heute, am Tag der Hochzeit, nicht zurücknehmen, dachte Riemer. Das wäre ja ohnegleichen. Die Wörter, aus denen sich Goethes Bücher zusammensetzten, stammten doch zum großen Teil von ihm. – Hoffentlich würde Caroline nicht weinen, wenn Goethe mit zur Trauung käme. Goethe selbst war ja schon seit acht Jahren mit Christiane verheiratet. Aber das letzte Beisammensein der Ehegatten war vor der Fahrt nach Böhmen durch Eifersuchtsszenen von Christiane stark getrübt worden. Christiane hatte sich immer nur schwer beruhigen lassen. Jetzt war sie wohl ziemlich froh, dass ihre Rivalin aus dem Haus kam. Seit der Heirat hatte sich Christianes Tanz- und Vergnügungslust gesteigert. Goethe belächelte und entschuldigte die Lustigen von Weimar. „Und küss ich Stirne, Bogen, Augen, Mund, / Dann bin ich frisch und immer wieder wund." Caroline war damals noch ziemlich unzugänglich gewesen. Vielleicht hatte sie ihn auch nur erwählt, weil sie den aufdringlichen Nachstellungen des Jenaer Arztes Doktor Kieser entgehen wollte. Denn der war bei seiner Werbung ziemlich massiv geworden. Aber ihre innersten Gefühle: Liebe, Ehrfurcht und Dankbarkeit galten Goethe. Der hatte sie in letzter Zeit „seinen kleinen Mandarin" genannt, weil ihre hellbraunen Augen ein wenig schief in ihrem runden Gesichtchen standen. Goethe hatte mit ihr den Gil Blas gelesen. Enger konnte man eine junge Frau nicht an sich binden. Aber jetzt war er, Riemer, es, der der Wüste des Zölibats entkommen würde.

Mitte Mai 1814 waren sie alle nach Berka übergesiedelt. Dieses Bad, nur ein paar Meilen von Weimar entfernt und von Goethe installiert. Goethe hatte seine „Frauenzimmerchen" mitgenommen, weil ihm die Reise in die böhmischen Bäder zu anstrengend gewesen war. Bis Ende Juni waren sie dort geblieben, und der Frühlingsaufenthalt gestaltete sich zu einem heiteren Idyll. Es waren ja nur zehn Meilen bis Weimar. Goethes „Hauptquartier" in Berka war damals der von der Ilm umspülte Edelhof gewesen. Im Inneren sehr einfach, aber mit einer prächtigen Aussicht. An der Wand des großen Vorsaals hing nur der Stadtplan von Rom. Der erinnerte Goethe an Faustina. „Langweilig" waren die Tage, aber „der Erfindung günstig" schrieb Goethe damals. „Des Epimenides Erwachen" hatte Goethe noch allein begonnen, aber beim „Vorspiel für Halle" hatte Riemer geholfen.

Am Abend spielte der Aufseher des Bades, Schütz, Bach und Mozart auf dem Klavier. Eberwein hatte auf dem Wiener Pianoforte seine Vertonung von Goethes Proserpina gespielt und war erschrocken, mit welcher Leidenschaft Goethe seine Dichtung zu der Musik rezitierte. Sein Sohn war in dieser

Zeit gerade einem Duell aus dem Weg gegangen, ihm hatten die heimgekehrten Freiwilligen vorgeworfen, nicht mit in den Krieg gezogen zu sein. Durchaus unehrenhaft. Sein Vater hatte ihn geschützt. – Der Komponist Zelter kam, den Goethe am liebsten mochte, und der Berliner Kapellmeister Weber. Goethe beschäftigte die Verbesserung der einfachen Badeanlagen in Berka. Uline, so wurde Caroline genannt, hatte die ersten Niederschriften des „Epimenides" nach Goethes Diktat schon zu Papier gebracht. Alle Gäste huldigten ihr. Auch der West-östliche Divan nahm hier seinen Anfang, da Goethe mit der Hafis-Lektüre begonnen hatte. Sie waren auch einmal in der Kirche von Berka gewesen, obwohl Goethe sich als „Heide" gerierte. Der massive aus dunklen Natursteinquadern gemauerte hohe Glockenturm, hinter dem die kleine Kirche fast verschwand. Das dachbekränzte, hohe Eingangsportal mit der nach oben abgerundeten Eichenpforte, und rechts und links davon die Eingänge in die Sakristei. Schütz hatte sich bereden lassen, in der Kirche eine Orgelmusik von Bach zu spielen. „Es war, als wenn sich die himmlische Harmonie mit sich selbst unterhielte, wie es wohl in Gottes Busen kurz vor der Schöpfung möchte ausgesehen haben", hatte Goethe gesagt. Es gab nichts Schöneres. Die Berkaer Kirche war für ihn, Riemer, ein dunkler unheiliger Ort gewesen.

# 2. Nachsinnen

Wenn er sich nur nicht anders besinnt, dachte Riemer. Aber Goethe dachte gar nicht daran und begann, von früher zu reden. Jedenfalls tat er so, als wäre das jetzt das einzige wichtige Thema. Goethe hatte sich mit dem Verlust seiner Haustochter nicht abgefunden, das spürte Riemer. Ihm war alles zuzutrauen, sogar jetzt, eine Stunde vor seiner Trauung mit Uline, wie Goethe sie nannte. Alles platzen zu lassen und doch noch eigene Ansprüche geltend zu machen. Goethe selbst hatte Doktor Kieser begünstigt, aber Caroline hatte sich, ganz von selbst, für ihn, Riemer, entschieden. Sie hatte auf einem sofortigen Aufgebot bestanden, und jetzt war es soweit.

„Glauben Sie, ich habe nie verzichten müssen?" fragte Goethe plötzlich. „Glauben Sie, es sei mir leicht gefallen, Minchen Herzlieb und Sylvie von Ziegesar gehen zu lassen? Mein Gott, was habe ich gelitten! – Oder wie ich mit Charlotte von Stein am 17.6.1776 in Cumberlands Westindier gespielt habe und sie abends zu ihrem Mann habe gehen lassen müssen. Ich spielte den Belcours, Charlotte die junge Charlotte Rußport."

Das interessiert mich alles nicht, dachte Riemer. Komm ruhig zur Sache, dann vergeht die Zeit schneller. Ich habe mich auf dir festgesetzt wie ein Zeck und nicht mehr daran geglaubt, es könne für eine Ehe mit Caroline reichen. Mein Gott, dachte er, als er auf dem Treppenhaus eine Frauenstimme zu hören glaubte, das wird doch nicht sie sein. Er hatte Uli oft zugehört, wenn sie Goethe vorlas. Ihre Stimme knabenhaft, mit einer gewissen Kadenz. Anmutig und melodisch im höchsten Grade. – Mit ihm selbst hatte sie eher verhalten gesprochen, und Goethes Sohn, der genauso alt war wie Caroline, hatte sie „die Nonne" genannt, weil er sie dem Vater nicht hatte abwerben können. Überhaupt August von Goethe … Seine Techtelmechtel waren in ganz Weimar berühmt, und heute war er, Riemer, froh, dass diesem Fant bei Caroline Ulrich nichts geglückt war. Er wusste, er würde für diese „geschenkte Braut" etwas hergeben müssen und würde bis zu Goethes Tod dessen Zuarbeiter bleiben müssen. Sonntags würden sie im Haus am Frauenplan essen, Goethe würde am Nachmittag, wenn er aus der Schule zurück war, diktieren und danach seine, Riemers, Formulierungen übernehmen. Er kannte den Meister ja besser als jeder andere und wusste, welche Wörter ihm gefielen. Das hatte er sich nicht nehmen lassen. Die Auszüge aus Ottiliens Tagebüchern in den Wahlverwandtschaften waren von Goethe selbst. Der hatte ja von diesen Merksprüchen noch ein Vielfaches in seinen Heften.

Er musste noch einmal an Berka denken, wo sie von Mitte Mai bis Ende Juni 1814 miteinander gelebt und gebadet hatten. Abgesehen von zwei kurzen Ausflügen der beiden Frauen nach Weimar. Goethe hatte als „Neuigkeit" aus Cottas Verlag die beiden Bändchen „Der Divan" von Mohammed Schemseddin-Hafis erhalten. Aus dem Persischen zum ersten Mal übersetzt von Joseph von Hammer. 1812/1813 hatte auf dem Titelblatt gestanden, aber eben erst zur Ostermesse 1814 war es herausgekommen. Cotta hatte es bei seinem Besuch am 18. Mai mitgebracht. Einzelne Gedichte von Hafis waren schon früher übersetzt in den Zeitungen mitgeteilt worden, aber Goethe hatte „diesem herrlichen Poeten" nichts abgewinnen können. Jetzt dagegen musste er sich produktiv verhalten, weil er sonst vor der mächtigen Erscheinung nicht hätte bestehen können. Goethe hatte gesagt: „Alles was dem Stoff und dem Sinne nach bei mir Ähnliches verwahrt und gehegt worden, tat sich hervor, und dies mit umso mehr Heftigkeit, als ich höchst nötig fühlte, mich aus der materiellen Welt, die mich selbst offenbar und im Stillen bedrohte, in eine ideelle zu flüchten." Schütz hatte einige Fugen von Sebastian Bach auf dem Pianoforte gespielt, an denen Goethe großen Gefallen gefunden hatte und sie mit illuminierten mathematischen Aufgaben verglichen hatte, deren Themata so einfach wären und die doch so großartige poetische Resultate hervorbrächten.

Der Opernsänger und Liederkomponist Carl Melchior Moltke hatte einige Lieder vorgesungen, die er kürzlich komponiert hatte und von denen das Lied „Die Lustigen von Weimar" Goethes ganze Zufriedenheit erwarb. Die Musiker waren noch am selben Abend mit dem Maler Meyer nach Weimar zurückgefahren. Goethe hatte weiter an seinem West-östlichen Divan gearbeitet, ein Gedichtzyklus, der ihn völlig in Beschlag nahm. Goethe hatte „Des Epimenides Erwachen" geschrieben, ein allegorisches Werk gegen Dämonen, Krieg und Unterdrückung, in dem die Götter dem Weisen durch den Schlaf die Kraft der reinen Empfindung und den Sinn für die Deutung der Zeit gaben. Goethe hatte sehr viel auf das Gedicht gegeben, das durch eine Anregung des Direktors des Berliner Nationaltheaters Iffland entstanden war. Er, Riemer, hatte daran intensiv mitgearbeitet, und es war fast fertig geworden.

„Wie hat Ihnen denn eigentlich „Des Epimenides Erwachen" damals gefallen?" fragte Goethe.

„Man hatte ein hurra-patriotisches Jubelspiel erwartet", sagte Riemer, „das Werk zwar zwiespältigen Urteilen und Missverständnissen ausgesetzt." In diesem Augenblick kam Christiane nach oben zu ihnen, sie waren vom gelben Saal ins Junozimmer übergewechselt. Sie fragte Goethe nach einer Nebensächlichkeit zur Hochzeit, denn sie selbst hatte die ganze Festlichkeit arrangiert. Riemer fühlte sich wie ein Schüler vor seiner Konfirmation. Goethe flüsterte ihr etwas ins Ohr, und Christiane verschwand sogleich wieder nach unten.

„Sie wissen, was Sie von mir erhalten, Riemer", sagte Goethe, jetzt zu ihm gewandt. Er muss es jetzt noch aufs Tapet bringen, dachte Riemer, jetzt, wo alles ausgemachte Sache ist. „Hoffentlich bekommen Sie Kinder", fuhr Goethe fort, jetzt dem Gespräch eine andere Richtung gebend. „Ist doch eine seltsame Erde, auf der wir uns fortpflanzen", sagte er, „alles symmetrisch: Mann und Frau, schwarz und weiß, hoch und tief, zwar aber, entweder oder und so weiter. Wir denken in Gegensatzpaaren, können gar nicht anders. Der Mensch: symmetrisch. Erde – Himmel, wir und der Kosmos!

„Sie haben immer Recht", sagte Riemer, „selbst die alten griechischen Naturphilosophen waren von diesem Gedanken nicht weit entfernt."

„Man darf nicht darüber nachdenken. Das tat ich auch nicht. Wir kommen aus der Grammatik nie heraus!"

„Natürlich, Exzellenz", sagte Riemer, der jetzt nichts anderes mehr als seine baldige Trauung wünschte, damit er hier verschwinden konnte. Er hütete sich, dem Meister zu widersprechen, sonst besann der sich vielleicht noch anders. Warum hatte er von Kindern gesprochen? Er ist immer noch naturkräftig, dachte Riemer, denn Christiane plapperte davon. So einer hört nie auf. Er war fünfzehn Jahre jünger als Goethe, und schon zeigten sich erste Schwierigkeiten. Hoffentlich passierte ihm das nicht in der Hochzeitsnacht. Caroline würde doch einiges von ihm erwarten, nachdem sie den Gil Blas und die Wahlverwandtschaften gelesen hatte. Goethe hatte sie empfänglich gemacht und vielleicht sogar mehr. Aber er war gar nicht so erpicht darauf, unbedingt eine Jungfrau zu bekommen, wenn die Frau von Goethe kam.

„Berka hat mir besser getan als alle böhmischen Bäder zusammen", fuhr Goethe fort. „Die Kleinheit, das fruchtbare Zusammensein mit anderen bedeutenden Männern. Die liebliche Lage von Berka und die Musik, die Schütz für uns gemacht hat. Man vergrößert sich nur, indem man sich verkleinert. Es war ja auch Pfingsten, und das Pfingstfest hat mich schon immer berührt. Wissen Sie noch, wie wir durch die stillen Wiesengründe bis zur Kohlenhütte gegen Saalborn gewandert sind? Wir setzten uns auf Bauhölzer und schwelgten im reinsten, wäldlichen Naturgenusse. Dann tranken wir Tee in der Hütte am Flusse. Sie haben damals einige Sonette auf Caroline geschmiedet. Den Ring mit Perlen und Schlangen, den ich ihr damals schenkte, hat sie zur Hochzeit abgelegt."

Etwas anderes habe ich auch nicht erwartet, dachte Riemer. Ulis Bild trat ihm vor Augen. Wenn sie nur hier wäre! Ein wenig bekannter Künstler hatte für Goethe ein Miniaturporträt von ihr gemalt. Mit einem schönen, weit ausgeschnittenen Dekolleté, das ihren hohen, kleinen Busen betonte. Das Kleid oben mit Rüschen, und darüber ihr ernstes Gesicht, oval mit spitzem Kinn und die Haare in der Mitte gescheitelt und ziemlich kurz. Eine schöne gerade Nase mit einem kaum sichtbaren Höcker. Die Augen rehbraun und von starken, nicht gezupften Augenbrauen überwölbt. Sie blickte stark und vertrauensvoll, dieses zierliche Persönchen. Sie tat nichts, was sie nicht wollte, was nicht sie wollte. Goethe musste an Riemers Augen erkannt haben, dass er an Caroline dachte, und sagte: „Sie ist schön! – Sie können es wahrscheinlich nicht abwarten."

# 3. Konkurrenz

Eigentlich gönnt er sie mir nicht, dachte Riemer, wenn er gekonnt hätte, hätte er es verhindert und sie Kieser gegeben. Mit allen Mitteln. Aber Caroline hatte den Doktor Kieser eigentlich nicht gemocht und auf ein schnelles Aufgebot mit ihm, Riemer, bestanden, als Kieser so offensiv geworden war. SIE hatte es durchgesetzt. Mit ihm würde sie in Goethes Atmosphäre, die sie so mochte, bleiben. Wenn er, Riemer, nicht da gewesen wäre, hätte sie vielleicht doch Kieser nehmen müssen. Sie war ja vermögenslos. Er dagegen hatte mit seinen sechshundert Talern jährlich und mit dem Lexikon sein Auskommen.

Christiane war immer eifersüchtiger auf die hübsche Caroline geworden. Deshalb hatte Goethe auch darauf gedrängt, dass sie einen Mann nähme. Am liebsten Kieser. Ihm, Riemer, gönnte er Caroline eigentlich nicht. Riemer konnte seine Augen, die auf Goethe eindrangen, nicht beherrschen.

„Blicken Sie mich nicht so an, Riemer! Tragen Sie nur niemals im Leben eine Brille!" Goethe mochte keine Brillen.

Wenn er sich schon durch ein paar Augengläser durchschaut fühlt, muss er ja allerhand zu verbergen haben, dachte Riemer. Goethe war doch die rechte Hand des Herzogs gewesen. An Goethes Augen sollte die Heirat mit Caroline nicht scheitern. Riemer versuchte die Situation abzumildern und sagte: „Der Epimenides ist ja gut herausgekommen. Exzellenz haben das gut hingekriegt, ganz ausgezeichnet!"

„Ich schreibe gut, wenn ich Ihnen diktieren kann, Riemer", sagte Goethe, „Sie inspirieren mich!"

Alle Welt spricht von seinem glatten, klaren Stil, dachte Riemer, dabei kommt es nur daher, weil er diktiert. Mir diktiert! – Da kann es keine Schwülstigkeiten oder Stilbrüche geben. Ich bewache seine Hervorbringungen! – Mein Stil ist klar und innerlich. Da hat er seine Sturm- und Drang-Phase schnell aufgegeben. – Diktieren ist besser als schreiben und schneller! Wenn man sich nur stark konzentriert, kann man beim Auf- und Abgehen genauso viel hervorbringen wie am Schreibtisch. Und ich liefere ihm ja vorher alles Material, das er zum Schreiben braucht. Wenn etwas falsch formuliert ist, korrigiere ich es, zum Teil ohne dass er es merkt. Kräuter stellt nicht diese Beziehung zu ihm her wie ich. Es gab geheime Gedankenverbindungen zwischen ihnen, in die sonst niemand hineinkonnte.

„Doktor Kieser hat ihr Anfang September geschrieben", sagte Goethe, „Caroline hat mir den Brief vorgelesen. Da müssen Sie sich bis zur Hochzeit aber sehr gesputet haben! – Soll ich Ihnen erzählen, was drin stand?"

Goethe will mich quälen, dachte Riemer, soll er es doch ruhig sagen. Und ehe Riemer sich besann, begann Goethe den Briefinhalt wiederzugeben: Wie sehnsüchtig Kieser einige freundliche Zeilen von Carolines Hand erwartet habe, und wie enttäuscht Kieser gewesen sei, als diese nicht kamen. Kieser war noch einmal fünfzehn Jahre jünger als er, Riemer. Also genau richtig für Caroline! Caroline war vierundzwanzig, Kieser fünfunddreißig. Er, Riemer, war neunundvierzig, für Goethes Begriffe schon fast ein alter Mann. Goethe war fünfundsechzig.

„Warten Sie, ich lese", sagte Goethe: „Ich wartete gestern so sehnlich auf Sie, um Sie vor meiner Abreise noch einmal zu sehen! – Wann wird dies nun geschehen? – Kann ich Sie nicht einmal bei Ihrer Tante ein Stündchen sprechen? … Sie versprachen mir einst, mir alle Sonnabende zu schreiben. Lassen Sie das meinen Freudentag sein, der mich erquickt, wenn ich diese ganze Woche gedarbt habe. … Frau Geheimerätin hat ein Porträt von Ihnen. Empfehlen Sie mich ihr bestens, und ersuchen Sie dieselbe, es mir einstweilen zu überlassen.

… Ich vertraue meinem günstigen Geschicke, welches mich bislang geleitet, und Sie, meine teuerste Geliebte, mir unter so vielen Widerwärtigkeiten erhalten hat. – Wie freue ich mich des Augenblicks, wie ich wieder mit Ruhe zu Ihnen kommen darf, und wo ich Sie diesen Ihnen so wenig zusagenden Verhältnissen entfernen kann.‘"

„Und hören Sie, was er am Schluss schreibt: ‚Haben Sie die Güte mir diejenigen meiner Briefe zurückzusenden, welche in Ihrem Haus nicht gelesen werden können. Ich will Sie Ihnen bewahren.‘ Er hat ihr also auch anzügliche Briefe geschrieben, Riemer, sehen Sie zu, dass diese aus Ihrem Haus kommen."

Riemer erinnerte sich, wie damals die Freier gedrängt hatten. Kieser war lange in Weimar geblieben, um die Bildung eines Freikorps anzuregen. Er trug schmuck und stolz die Uniform der Freiwilligen und hätte ein entscheidendes Wort Carolines gern mit in den Krieg genommen. Er, Riemer, hatte versucht mit einem Sonettenansturm die Festung zu nehmen. Aber Caroline hatte Riemer ins Vertrauen gezogen. Kieser, aus dem Felde heimgekehrt, war ihr zu energisch. Auch die Art, wie Kieser seine Werbung betrieben hatte, stieß ihn ab. Goethe war in Ehefragen realistisch. Der tüchtige Arzt und Militär dünkte Goethe der aussichtsreichere Mann. Aber Goethe hatte nicht mit Riemers Entschlusskraft gerechnet, auch nicht mit der von Caroline. Es war das Schroffe, Militärische in Kiesers Art, das sie abgestoßen hatten. Damals hatte man geglaubt, Christiane würde an einem ihrer Anfälle sterben, und Riemer hatte Goethe bedrängt, Caroline zu seiner Frau zu machen, um eine Altersversicherung zu haben. Riemer hatte das Hin und Her in seinem Tagebuch aufgezeichnet. Aber als Kieser immer drängender wurde, ließ sie dem zaudernden Riemer, der nicht mehr daran geglaubt hatte, ihre Bereitwilligkeit mitteilen, seine Gattin zu werden. Dabei ist interessant, dachte Riemer, dass Kieser und Riemer fast gleich klingen. Caroline hatte eine Volte geschlagen und den besseren Teil erwähnt. Er hatte ja jetzt seit zwei Jahren diese kleine Wohnung am Marktplatz, und dorthin würde er mit Caroline ziehen. Er bewertete ihren Eintritt in sein „abgerissenes zerstückeltes Leben" sehr hoch.

Goethe hätte mir den Brief nicht vorlesen dürfen, dachte er. Er weiß, dass ich jäh und impulsiv bin und mich eine Stunde vor der Hochzeit nicht wehren kann. Warum hat er seine Tiraden nicht früher abgespult? Goethe war durch den gelben Saal ins Brückenzimmer gegangen um etwas zu holen, kehrte aber sogleich wieder ins Junozimmer zurück.

„Was sagen Sie jetzt, Riemer?" fragte er und reichte Riemer ein gleiches Miniaturporträt Carolines, das ein unbekannter Künstler vor ein paar Jahren einmal gefertigt hatte.

Es ist von ihm, aber ich nehme es trotzdem, dachte er, es gehört mir ja auch von Rechts wegen. Auf dem Schrank neben dem linken Fenster des Junozimmers stand eine kleine Nachbildung von Michelangelos Moses-Statue. Goethe hatte das Original in Rom in der Kirche St. Pietro in Vincholi gesehen. Dann hatte er die kleine Nachbildung 1812 in Teplitz entdeckt. Riemer hatte zu diesem biblischen Gesetzgeber nie eine richtige Beziehung gefunden, so wie Goethe. Er war froh, wenn er mit seiner Braut in seiner kleinen Wohnung am Marktplatz gelandet wäre. Wenn er nur die Zeremonie schon hinter sich gebracht hätte. Er war ja genauso ein Heide wie Goethe. Berka, wo er am engsten mit Caroline zusammen gewesen war, kam ihm wieder in den Sinn. Sie waren aber doch am 28. Juni 1814 wieder nach Weimar gereist, und dann war das Alltagsleben weitergegangen, als würde es kein Ende nehmen. Diktieren, rezitieren, mit melodramatischer Begleitung und die zunehmende Eifersucht Christianes auf Caroline. Am 7. Juli hat er den Anfang des Epiminedes an Duncker abgeschickt. Der Buchhändler hatte ihm vierzig Louisdor angeboten und Goethe hatte das Angebot akzeptiert.

# 4. Offene Beziehung

*E*r war von November 1801 bis Juni 1803 Hauslehrer bei Wilhelm von Humboldt gewesen, war mit ihm nach Rom gegangen und hatte sich in dessen fünfunddreißigjährige Gattin Caroline verliebt. Die Ehe zwischen den Humboldts war freizügig und offen gewesen, und vielleicht hatte Caroline von Humboldt sogar ein Auge auf ihn geworfen. Aber als er sie bedrängte, wies sie ihn zurück. Die Erste wolle sie nicht sein, vielleicht aber die Letzte. Riemer zog sich zurück, später hörte er, wie sie mit anderen Männern, manchmal jahrelang zusammenlebte und wie ihre Ehe dabei fast in die Brüche gegangen war. Goethe machte es ja eigentlich genauso, nur nicht so rücksichtslos offen wie die Humboldts. Humboldt suchte sich keine jungen Mädchen, sondern ging ins Bordell und berichtete darüber ausführlich seiner Frau. Jetzt hatte er, Riemer, endlich eine Caroline, die per Priester und Gesetz ihm allein zugehören sollte. Die auch viel schöner und jünger war als Caroline von Humboldt, die schon ihre Mitwelt nicht als besonders schön bezeichnet hatte. Aber sie hatte eine unheimliche sexuelle Ausstrahlung gehabt, die auf ihn, der jeden, auch dem kleinsten Reiz zugänglich war, stark gewirkt hatte. Er wusste aber, dass er diese Periode seines Lebens, die jetzt zehn Jahre zurücklag, nie vergessen würde. Es war auch der Name Caroline, der die beiden Frauen verband. Zwischen Glück und Seelenfrieden, wie es bei Schiller hieß, hatte er das Jahr in Rom mit den Humboldts verbracht. Und diese seine erste „Affäre", die eines in Liebesdingen völlig unerfahrenen Jungmanns, hatte ihn eigentlich seine Jünglingsjahre gekostet. Die Beziehung, oder besser Unbeziehung, hatte ihren Höhepunkt im römischen Frühling des Jahres 1803 gehabt. Und bald hatte er bemerkt, dass er sich, bei aller Weitherzigkeit dieser ungewöhnlichen Frau, vergriffen hatte. „Es ist die Eitelkeit des Geistes gern mehr seyn zu wollen, als man seyn kann." Er hatte damals geglaubt, „des Lebens völlig expers zu sein". Schuld daran war allein diese Seniora aus Rom. Vielleicht war sie ihm damals auch nur so weit entgegengekommen, um seine Stimmung zu verbessern. Sie hatte sich bloß salvieren wollen. Als er sie am 28. April 1804 in Goethes Haus wiedergesehen hatte, fand er sie, zu seiner Genugtuung, sehr verändert, sogar hässlich. Humboldt hatte ihm die Avancen an seine Frau nicht übel genommen und hatte ihm geraten, ihm nicht weiter so zeremoniös, sondern freundschaftlich zu schreiben. Er war damals in das Faszinosum einer unkonventionellen, erotisch-libertinen Ehe geraten. Es war aber nicht seine letzte Erfahrung als Dritter in einer Ehe gewesen, denn in der Ehe des Kammermusikus Hirschfeld in Weimar hatte sein Eindringen die Scheidung bewirkt, und wenn Goethe und besonders Christiane nicht geschlichtet hätten, wer weiß, wie alles ausgegangen wäre. Die bloße Sinnlichkeit reizte den ärgsten Wolllüstling nicht, er musste sie erst durch Frevel piquant machen.

Die Zeichnung von 1812 trat Riemer vor Augen, die sie ihm, und nicht Kieser, geschenkt hatte. Eine hingegebene junge Frau in der Pracht ihrer vierundzwanzig Jahre, fast willenlos wirkend, wie ein Opfer. Wer hatte das nur gezeichnet? Die Haare frisch gekräuselt und oben festgesteckt, die Schultern frei und der hohe Busen fast unbedeckt. In einem weißen, mit einer Schleife unter der Brust gegürteten Empirekleid mit bauschiglangen Ärmeln, die an den Handgelenken zugebunden waren. Ein Engel in Lichtgestalt und bereit, genommen zu werden. Aber von ihm, Riemer, und nicht von Kieser, dem Metzger!

Riemer war der Mann hinter Goethe. Der zweite Goethe und keine Schablone oder Zuträgerfigur. Ja, Riemer war zuweilen launisch und zeigte böse Mienen, aber das war wenigstens ehrlich im Gegensatz zu dem Anderen, der sein

Inneres zumeist lieber hinter einer Fassade verbarg. Aber zuletzt würde Goethe sich, angesichts Riemers „sclavischer Zuneigung" zu Uli, doch gnädig zeigen und seine Zustimmung geben.

Eigentlich hatte Caroline Kieser ihr definitives Jawort gegeben. Aber da war ihr doch unheimlich zumute geworden. Dieser, bei seiner Werbung so ungestüm vorgehend wie beim Angriff auf eine Schanze, sollte Ulis vertrauter Ehemann werden? Ihrer, der sie in Goethes Welt des Zartsinns und des Ernstes eingedrungen war wie keine Zweite? – Vielleicht war es Riemer noch ein wenig besser geglückt als ihr, und sogleich mussten sich ihre Gedanken Riemer zugewandt haben, denn der hatte es gespürt. Riemer war ja fast Goethe! – Aber Uli hatte Kieser am 23. August 1814 ihr Jawort gegeben, und bei der Notifikation ihrer Vermählung war es ihr wunderlich geworden! – Nur wunderlich? – Nein, es war tiefer, innerer Schmerz gewesen, aber mehr hatte Riemer seinem Tagebuch nicht anvertrauen dürfen. Aber Christiane war auf seiner Seite gewesen. Sie hielt von der Hochzeit ihrer Briefschreiberin mit Kieser gar nichts. Kiesers „Brummigkeit" hatte sie aufgeregt. Warum sollte sie das Mädchen aufopfern, einem Mann geben, den es nicht liebte. Und Anfang Juli hatten sich ihm, Riemer, neue berufliche Perspektiven eröffnet. Ihm, der sich von allen verlassen glaubte. Der herzogliche Bibliotheksrat Keil war nach Leipzig gezogen, und Goethe und Meyer hatten ihn bewogen, sich um die freiwerdende Stelle zu bewerben. Dass doch eine Hoffnung in Erfüllung ginge! – Danach hatte er ihr Jawort an Kieser hintertreiben können, indem er Goethes Sohn August, den Assessor, auf seine Seite gezogen hatte. August war sein Verbündeter geworden, obwohl er selbst ein Auge auf Caroline geworfen hatte. Man verstehe die menschliche Seele. Riemer hatte allen möglichen Bekannten geschrieben, dass er Caroline liebe und sie heiraten wolle. Man möge sie auf diese Tatsache nur aufmerksam machen, ihr aber nicht zureden. Schließlich hatte August von Goethe ein zweimaliges Zusammentreffen mit Caroline vermittelt, und Riemer hatte einen erfolgreichen Syllogismus angewandt: „Sie sind nicht dazu da, ein Opfer Ihres Wortes zu werden." Und dann hatte August gesagt: „Nach reifer Überlegung fühle ich, dass wir uns zuerst Goethe entdecken müssen." Diesen Proteus konnte man nur durch alle Offenheit fesseln: „Erklären Sie nur dreist, dass sie das Haus verlassen wollen", hatte Riemer zu Caroline gesagt. Danach war er sich ihrer Zusage ganz sicher gewesen. Und da ihm für die Hochzeit und die Einrichtung ihrer kleinen Wohnung das Geld fehlte, hatte er am 29. Oktober seinen Verleger Frommann um hundert Taler Vorschuss gebeten. Und Frommann hatte zugesagt. Caroline hatte ihn gebeten, das Aufgebot sogleich zu bestellen und er hatte in sein Tagebuch geschrieben: „Gleich hingerannt!" Kieser hatte ihn daraufhin als Ehestörer bei der herzoglichen Bibliothek denunziert. Aber es hatte ihm nichts genützt, denn Goethe und Voigt hatten bei der Besetzung der Stelle nicht nachgegeben.

Von unten waren lautes Schreien und Geräusche zu hören. Kurze Zeit später kam Christiane nach oben gestürzt.

„Das Brautkleid", rief sie, „es passt nicht richtig!"

Auch das noch, dachte Riemer, vielleicht sollte am Ende wirklich nichts daraus werden. Denn ohne Brautkleid war die Sache hin. Dann können wir die Jakobskirche vergessen. Wie Caroline sich wohl fühlte mit dem nicht passenden Kleid. Mit ihm, Riemer, hatte sie ein Stückchen Goethe in ihre Welt mitgenommen, oder vielmehr ein ganzes Stück. Er, Riemer, war ja von IHM geprägt!

„An der Hüfte sitzt es nicht richtig", sagte Christiane. Riemer hatte das Kleid gesehen, als es in Christianes Zimmer lag und gerade von der Schneiderin gekommen war. Es war ein hübsches weißes Brautkleid mit durchbrochenem Oberteil. Caroline hatte als Brautschmuck Veilchen gewünscht, aber

wo sollte man jetzt im November Veilchen herbekommen? –
Man hatte sich einen Mistelzweig ausgesucht. Das Kleid, das
Goethe gespendet hatte, war ein Juwel. Aber nach der Hochzeit würde es zu nichts mehr nütze sein. Sie brauchten vor
allem Geld. Vielleicht ließ sich ja mit seinem Griechisch-Le-
xikon mehr herausholen.

„Komm doch mal herüber und sieh es dir an", sagte Christiane zu Goethe. Der gehorchte, drehte sich um und folgte ihr. Zu Christianes Wohnzimmer mussten sie durch den
gelben Saal, das kleine Esszimmer und die kleine Küche.
Draußen war es schon dunkel. Vor dem Fenster standen vor
einem viereckigen kleinen Tisch ein rotbezogener Sessel
und ein ebenso bezogener Stuhl. Auf der Kommode rechts
neben dem zweiten Fenster lag das Kleid. Caroline war weit
und breit nicht zu sehen. – Ich will sie erst zur Heirat wieder
sehen, dachte Riemer, die ganze Aufregung wegen dem Kleid
interessiert mich überhaupt nicht. Warum war er Goethe nur
hinterhergelaufen wie ein Kind. Er drehte sich um, ging ins
Junozimmer und wartete dort. Jetzt war er allein, und wenn
er noch etwas Zeit bekam, konnte er die letzten dreieinhalb
Monate Revue passieren lassen. Von Ende Juni, als sie aus
Berka zurückkamen, bis heute, dem Tag seiner Hochzeit,
war einiges passiert. Karl-Wilhelm Stadelmann, 1782 geboren, Buchdruckergeselle, seit 1811 mit Rosine Marie Schulz
verheiratet, hatte seinen Dienst als Kammerdiener Goethes
angetreten.

# 5. *Vergangenheit*

A m Freitag, dem 15. Juli, war der Kaiser von Russland in Weimar angekommen, und am Nachmittag war er, Riemer, mit Goethe spazieren gegangen, um die Stadtverzierungen zu besehen. Bis hin zur Ehrenpforte! – Auch Kieser war noch bei Goethe zu Tisch gewesen, und Riemer hatte sich bedeckt gehalten. Abends waren sie zur Illumination gegangen, die zu Ehren des Russischen Kaisers gegeben wurde, Goethe hatte „seine zwei Frauen", Caroline und Christiane durch allerlei Umwege, die sie hatten machen müssen, geneckt. Mitte Juli war der Herzog Carl August nach Weimar zurückgekehrt, und der Kanzler von Müller hatte in pathetischem Ton geschrieben, dass Goethe „bald im frischesten Tatgefühl jedem seine Rolle ermunternd und belehrend zugeteilt habe, bald von Straße zu Straße fröhlich umhergewandelt sei, mit eigenen Augen dem Geleisteten nachgesehen habe, das noch mangelnde ergänzt habe, und allen heiter anregend zusprach, einmal freundlich lobend, das andere Mal humoristisch scheltend, überall gemütlich, ermutigend, belebend!"

Goethe war in den Tagen danach sehr umtriebig gewesen. Er ließ sich vom Hofmechanikus Körner neue Objektive zeigen und sah sich neue Kupferstiche an. Es war ein warmer Abend gewesen, und er, Riemer, hatte Goethe im Garten vorgelesen. Einen Tag später waren die beiden Frauenzimmer nach Berka gereist. Noch einen Tag später, am Montag, dem 18. Juli, war er von Goethe für die Stelle als Unterbibliothekar in der Weimarer Bibliothek empfohlen worden, aber immer noch hinter Christian August Vulpius, Goethes Schwager. Er, Riemer, hatte erfahren, dass Geheimrat Voigt sich auch beifällig für ihn erklärt habe. Der bisherige Bibliothekar Keil hatte sich durch einen Ruf nach Leipzig verbessern können.

Am Dienstag darauf war er wieder bei Goethe gewesen. Sie hatten an der Redaktion und Korrektur der neuen Ausgabe seiner Werke weitergearbeitet, es war viel Arbeit, da manches neu hinzugekommen war. Ende des Jahres konnten die ersten sechs Bände schon für den Druck übersendet werden. Goethe wollte aber Cotta die Verlagsrechte nur von Ostern 1815 auf sieben Jahre überlassen. Goethe hatte daneben an der Italienischen Reise weitergearbeitet und noch etwas für Cottas Damenkalender geschrieben. Cotta hatte Goethe einen Kredit angeboten und Goethe hatte Cotta durch seine, Riemers Hand, zurückgeschrieben: „Sie erlauben, dass ich mich Ihres geneigten Anerbietens eines weiteren Kredits auch fernerhin bediene." Ab und zu war er mit Frau von Stein und der Herzogin Luise spazieren gegangen. Goethe hatte bei Tisch gesagt: „Die Wirklichkeit hat nur eine Gestalt, die Hoffnung ist vielgestaltet." Goethe machte bei Tisch Caroline weinen durch die Bemerkung, wer ihm nun die Krumen ausschneiden würde und wer für ihn schreiben würde, wenn sie Kieser, was ausgemacht war, heiratete. Er, Riemer, hatte die Zähne zusammengebissen. Am Sonntag, dem 24. Juli, hatte ihm Goethe die Nachricht vom Geheimrat Voigt gezeigt, dass er zum Unterbibliothekar ernannte worden war. Er hatte sich darüber sehr gefreut, denn mit ein paar Talern mehr rückte auch eine mögliche Heirat näher. War Caroline nun verlobt oder nicht? Jedenfalls hatte sie damals Kieser ihr Jawort gegeben. Sie arbeitete aber Tag für Tag für Goethe. Sie schrieb in diesen Wochen wesentliche Partien von Goethes Tagebuch, die er, Riemer, sonst beinahe ganz allein übernommen hatte. Am Montag, dem 25. Juli, reiste Goethe mit seinem neuen Diener Stadelmann von Weimar ab. Am Donnerstag, dem 28. Juli, fuhr er in Frankfurt ein. Er ging noch am Abend an seinem Vaterhaus Am Großen Hirschgraben vorbei und hörte die Hausuhr schlagen, die sein Nachfolger bei einer Auktion gekauft hatte. Es war die elfte Stunde. Goethe hatte sich trotz der Hitze mit Zelter und Wil-

lemer getroffen und am Samstag, dem 30. Juli 1814, war er in
Wiesbaden.

Riemer versuchte sich zu konzentrieren und über das nach-
zudenken, was Goethe ihm von seiner Rheinreise erzählt hatte.
Goethe hatte in Bad Schwalbach Kur gemacht, und das Wasser zusammen mit dem Bad bekam ihm gut. Das Geschäfts-
leben hatte einen weiteren und lustigeren Wirkungskreis
gehabt. Er hatte sich zusammen mit Zelter den großen Kur-
saal angesehen, der größer war als der Weimarer Schloss- und
Schießhaussaal zusammen. Goethe hatte am Sonntag, vor
dem Essen, ganze Tafelreihen in dem Saal ausgerichtet gesehen, woran so köstlich gespeist und getrunken werden sollte,
dass man danach lüstern sein könnte. Die Anlage des Ganzen
war imposant, aber nur für jeden, der nicht mit allzu kleinen
architektonischen Forderungen einhertrat. Goethe schrieb
fleißig weiter am Divan. Nach Goethes Erzählungen hatte er,
Riemer, sich gefühlt, als sei er auch dort gewesen. Die Bewe-
gungen einer glücklichen Reise, die überwarme Jahreszeit, das
erquickliche Schwalbacher Wasser und die warmen Bäder
hatten so gut auf Goethes ganzes Wesen gewirkt, dass er sich
von dieser Reise und dem Badeaufenthalt das Beste versprach.
Die Gegend um Mainz, Biebrich, Eltville, Schlangenbad und
Schwalbach hatte er mit Zelter, der ein furchtbarer Fußwan-
derer war, schon durchstrichen. Goethe hatte ungezählte
Bekanntschaften gemacht, und vielleicht war die Reise auch
nur deswegen anberaumt worden. Er hatte ihm, Riemer, der
in einer Mansarde im Goethe-Haus wohnte, gezeigt, dass es
nicht auf die Produktion, sondern auf die Protektion ankam.
Die Reise war völlig ein Märchen, wie Goethe gesagt hatte.
Und das Essen erst, ganz wunderbar, es gab sogar Artischo-
cken. Sodann zum Nachtisch frische Mandeln, Maulbeeren
und dergleichen, was Goethe schon seit vielen Jahren nicht
mehr geschmeckt hatte. Goethe war an die Mosel bis Kobern
gefahren. Dann war Goethe nach Rüdesheim aufgebrochen.

Über Rüdesheim, Bingen und das Rochus-Fest hatte Goethe sich lange verbreitet, aber er, Riemer, hatte fast alles von seinen Erzählungen vergessen. Goethe hatte ja geglaubt, Caroline heirate Kieser. Er wollte die wenigen Monate vor dieser geplanten Hochzeit nicht allein in Weimar verbringen. Ihm, Riemer, war sein Husarenstreich erst in Goethes Abwesenheit gelungen. Goethe mochte Kieser, weil ihn dessen militärisches Gehabe an Carl August erinnerte. Es war wohl der Wunsch von Goethe gewesen, Caroline möglichst „hoch" zu verheiraten und ihr damit etwas Gutes zu tun. Vielleicht sogar, um sich später einen guten Leibarzt zu sichern! Goethe war insgesamt drei Monate weggewesen, und sein Techtelmechtel mit Marianne von Willmer hatte wohl auch ein halbes Vergessen Carolines bewirkt.

In diesem Augenblick betrat Goethe wieder den Raum. Jetzt musste er sein Resümee verschieben.

„Mich erinnert vieles Ihrer Wirrungen in den letzten Wochen an meinen Umgang mit Charlotte von Stein", sagte Goethe, „ich war von ihr unzertrennlich, wie auch ein bisschen von Caroline. Charlottes Gewalt über mich wurde unendlich vermehrt, als sie glaubte, dass ich sie liebe. Ihre Liebe war mir wie der Morgen- und Abendstern. Ich habe damals darum gebetet, dass diese Sternenbahn nie verdunkelt würde. Ich war ihr kein Mann im gewöhnlichen Sinn, sondern ein Ausnahmewesen. Freie Liebe? – Ich war ja schließlich keine Mönchsnatur. Sie hat mehr die Idee geliebt, die sie von mir hatte, als mein ureigenes Selbst. Ich war eifersüchtig wie ein kleiner Junge, wenn sie anderen freundlich begegnet ist."

„Mir geht es mit Caroline ebenso", sagte Riemer. Er blieb hellwach.

„Sie hat immer wieder Zweifel geäußert, ob ich sie wirklich und wahrhaftig liebe", fuhr Goethe fort, „weil es ja unwahrscheinlich war, dass man eine sieben Jahre ältere, verheiratete

Frau, die sieben Kinder geboren hatte, zur Lebensgefährtin hatte erkiesen wollen."

Du hast sie aber doch verlassen, dachte Riemer. Laut sagte er: „Sie wusste aber von ihrer Ehescheu."

„Das will ich meinen", erwiderte Goethe, „aber 1806 habe ich doch mein kleines Erotikon geheiratet, weil sie mir durch ihr Eingreifen vor dem Franzen, das Leben gerettet hat."

„Hat Christiane Ihr Leben bereichert?"

„Das kann man sagen", erwiderte Goethe, „Charlotte aber war im Innersten davon überzeugt, dass ich eine tiefe Bindung nicht wünschte. So bestanden Hoffnungen fort, gut für beide trotz gelegentlicher Trübungen. Ihre Toleranz beruhte auf der christlichen Weltordnung. Der Franze hat uns gezeigt, dass diese nicht ewig währt. Für sie war Authentizität ein moralischer, für mich ein ästhetischer Begriff. Daran ist alles gescheitert."

„Sie wurden auch älter", sagte Riemer.

„Daran war nichts gelegen", erwiderte Goethe, „je mehr sich ein Verhältnis äußerlich festigt, desto mehr treten die Verschiedenheiten der Naturen hervor. Sie wollte um des anderen willen immer besser werden, und ich nahm das Verschiedene als gegeben und unabänderlich hin. Und natürlich waren wir zusammen, das gehört zur Liebe hinzu."

„Das liegt jetzt fast zwanzig Jahre zurück. Berührt es Sie immer noch?"

„Ich habe nach Ersatz gesucht, aber immer nur kurzfristig und soweit es für meine Hervorbringungen in Frage kam. – So wie ich Charlotte geliebt habe, habe ich damals keine mehr geliebt! Es war das unbedingte liebevolle Vertrauen in seiner ganzen Klarheit. Die Zuneigung der anderen Frauen trug stets das Zeichen der Vergänglichkeit auf der Stirn. Aber so leidenschaftlich ich sein konnte, war ich doch nicht der Mann, mich eindeutig zu äußern, wo ich vertrauen konnte. So stahl ich mich davon. Dann musste ich stumm bleiben und andere quälen."

# 6. Musenhof und Doppelgänger

D u quälst mich jetzt auch, dachte Riemer, du hast Caroline immer noch nicht freigegeben. Du wolltest sie einem Mann geben, der sie und den sie nicht liebt. So wolltest du sie dir erhalten. – Vielleicht sogar lebenslang!

„So bin ich bei meinen tausend Gedanken wieder zum Kinde herabgesunken, unbekannt mit dem Augenblick, dunkel über mich selbst", sagte Goethe in das Schweigen hinein.

Weil es dir an Selbstanalyse fehlt, dachte Riemer. Mir fehlt sie nicht. Ich bin der Analytiker par excellence. Nur habe ich über lauter Zergliedern mich selbst vergessen. Und wenn nicht dieser glückliche Augenblick heute gekommen wäre, wer weiß, wo ich gelandet wäre. Zu mir hat Caroline Vertrauen, sonst hätte sie das Kieser gegebene Ja-Wort nicht auf mein Eindringen hin zurückgenommen. Ja, ich habe Glück gehabt. – Das hilft mir auch gegen Goethe. Aber ich werde von ihm abhängig bleiben, zumindest solange er lebt. – Ich kann aber nichts von dem, was mich bewegt, sagen, und was von meinen Gedanken nicht in die grammatischen Strukturen passt, können wir auch nicht mitteilen. Es bleibt in unseren Köpfen und spukt dort herum. Vielleicht muss man sich die unbefleckte Empfängnis so vorstellen, wie Gedanken, die nicht ausgesprochen werden, trotzdem unseren Schädel verlassen. Oh, hoffentlich merkt er nichts!

„Charlotte hat nicht künstlerisch, sondern menschlich-fraulich gedacht", fuhr Goethe jetzt dazwischen, „und ich war ein Produkt der Charlotte von Stein. – Das musste ich durch meine Italienreise ungeschehen machen."

„Mein Gott, Riemer", fuhr er fort, „wenn Sie mich nach Wiesbaden begleitet hätten! – Was Sie da gesehen hätten!"

Gut, dass du weg warst, dachte Riemer, so konnte ich die kleine Frau, so nannte Goethe Caroline, doch noch auf meine Seite ziehen. Es hat Mühe gekostet, aber es hat sich gelohnt. Mein zerrüttetes, gestückeltes Leben wird wieder heil gemacht werden.

„Habe ich Ihnen nicht von Brentano erzählt, von Zelter und Schlosser?" rief Goethe. „Vom Kloster Eibingen, wo ein Lazarett angelegt werden sollte. Mit den Brentanos auf ihrem Landgute zu Winkel, wo ich viele glückliche Stunden verlebt habe. – Wir besuchten auch das Greiffenklauer Schloss, zwischen Weinbergen, auf einer Wiesenfläche."

Interessiert mich alles nicht, dachte Riemer, noch eine knappe Stunde, dann kannst du deine Geschichten jemand anderem erzählen.

„Am Fuß des Gebirges, auf einem Hügel, liegt das Schloss", sagte Goethe, „die mächtigen Stämme und Äste, mit vortrefflichem Obst reich behangen, geben den wundersamsten Anblick. Eine Lustwohnung …"

Dann war es jetzt ja für dich das Richtige, dachte Riemer.

„Lorch, Trechtingshausen, Bacherach, Rüdesheim hüben und drüben zu sehen, das alles war meinem Blick in der neuen Gegend gegeben. Aufwärts der Bergrücken der Rochuskapelle, das verfallene Schloss Ehrenfels zu unseren Füßen. Nach guter und wohlfeiler Bewirtung fuhren wir den Rochusberg hinauf, an den verfallenen Stationen vorbei. Die Rochuskapelle fanden wir offen. Der Mann, der die Wiederherstellung besorgt hatte, war gegenwärtig und wies uns ein, damit wir so viel als möglich von dem Bau verstanden. Ich untersuchte das Gestein. Auf der Höhe besteht es aus einem dem Tonschiefer verwandten Quarz, am Fuße gegen Kempten zu aus einer Art scharfartigen Quarzstücken. Wir fuhren durch die Weinberge abwärts, ließen Kempten links liegen und gelangten nach

Oberingelheim. Ich weiß nicht, ob Sie das alles interessiert, Riemer?"

„Doch, doch", sagte Riemer und dachte: Wenn er nur aufhörte zu reden!

„Ich will von etwas anderem reden", rief Goethe, „Ihre schönste Lebensstunde naht ja. So wie meine erste Charlotte auf die zweite vorgespukt hat, so hat Ihre erste, Caroline von Humboldt, auf die jetzige vorgespukt! – Glauben Sie, es sei mir leicht gefallen, meine beiden Charlotten zu verlassen? – Sie sind mein Doppelgänger, Riemer. Zumindest werden Sie es noch. Sie können Ihre zweite Caroline heiraten, ich musste meine zweite Charlotte verlassen. – Sie sind eigentlich glücklicher als ich, obwohl ich mit meinen jungen Mädchen nochmal richtig Glück hatte … Ja, wenn Caroline Charlotte hieße … Dann hätte ich sie wohl behalten!"

Jetzt wird er frech, dachte Riemer. Warum ist er plötzlich so aufrichtig zu mir? Er hat sich doch mit seinen beiden Charlotten kein Ruhmesblatt erschrieben.

„Der Musenhof war etwas Merkwürdiges", sagte Goethe, „nur dem alltäglichen Amüsement dienend. Das Wort Parlament geisterte nur in England herum. Maskenzüge, Geburtstagsfeiern, Komödie, Redouten, Empfänge, Galas! Und ich war der Zeremonienmeister. An den galt es auch für Frau von Stein, ungeachtet aller gegenseitiger Anziehung, sich zu halten. Und als ich noch die acht Jahre jüngere Corona Schröter als Kammersängerin und schönes Vorzeigeobjekt, nach Weimar holte, der auch der Hof verfiel, liegt der Gedanke nahe, dass sie sich doch mit mir einlassen würde. Für Charlotte war Lust kein Fremdwort, wie ihre Briefe an ihren Sohn Fritz beweisen. Sie wusste auch, dass ich unaufrichtig war. Aber war sie denn aufrichtig? Zwischen dem Minister und der Aufrichtigkeit der Freundschaft ist ein Abgrund gelegt, hatte sie im Juni 1783 geschrieben. Und sie gab mich dennoch nicht auf. Sie war eine Frau, die für mich alles getan hätte. Ich hoffe, es geht Ihnen mit Ihrer Caroline ebenso. Ich wusste aber, dass ich sie trotz unserer engen Beziehung für den Hof in Weimar brauchte. Wer wusste denn da über alle Zusammenhänge, die Hintergründe und die Menschen, an die es sich zu halten galt? Die Gesellschaft, die sich von Tag zu Tag amüsieren wollte, brauchte einen Vortänzer, einen, der für sie diente und Maskenzüge entwarf. Was habe ich nach dem Werther denn noch Vernünftiges geschrieben? Dass ich mich mit Charlotte immer wieder gestritten und oft auch wieder versöhnt habe, geht aus meinen Tagebüchern deutlich hervor. Ihr Sohn Carl hatte am 24. Januar 1799 an seinen Bruder Fritz geschrieben: ‚Ich finde, dass die Mutter, wenn sie über etwas streitet, nicht allein nichts einräumt, sondern durch Beschuldigungen, Vorwürfe und Bemerkungen, die nicht zur Sache gehören, ihren Gegner aus der Contenance zu bringen weiß.' So habe ich sie auch kennengelernt."

Geschieht dir recht, dachte Riemer.

„Ein Jahr später", fuhr Goethe fort, „am 20. Dezember 1800, schrieb Carl an seinen Bruder Fritz: ‚Ich nehme mich sehr in Acht mit ihr über irgendetwas zu discutieren, weil sie nicht discutiert, sondern gleich beleidigend wird, indem sie nicht meine Meinung, sondern meinen Verstand attackiert, dass der sich auf solche Meinung verschnappt. Diese Art zu streiten, macht eine unvermerkte Diversion, denn man vergisst auf einige Momente sein Sujet, um seinem angegriffenen Verstand beyzuspringen.' Von dieser Art, mit mir umzugehen, kann ich ein ganzes Lied über sie singen. So sprach sie besonders mit mir, wenn Corona Schröter mit am Tisch saß. Sie hat mit mir nicht Katz und Maus gespielt. Sie wusste aus der Tierdressur, die sie beherrschte, wie sie einen Widerspenstigen an sich binden konnte. Sie hatte mich mit Lenz genauso eifersüchtig gemacht wie ich sie mit meinen Misels, so nannte man die jungen Mädchen. Sie wusste auch, dass ich wusste, dass sie jederzeit abspringen konnte. So kamen die zahlreichen Herzenssymbole zustande, mit denen ich sie jeden Tag aufs Neue meiner versichern musste. Dann wurde Corona Schröter eifersüchtig auf Frau von Stein, und ich schrieb ihr einen Brief, in dem ich sie bat, nicht ,an Saiten zu rühren, die zwischen uns nicht mehr klingen müssen'. Das kam auf eine Intervention von Charlotte von Stein zustande. Die Nachwelt wird wenig davon zu wissen bekommen, denn ich habe alle Zeugnisse vernichtet."

# 7. Rückbesinnung

Warum erzählt er mir das? dachte Riemer. Will er angesichts meiner Heirat mit seiner geliebten Caroline, dem kleinen Eginhard, wie er sie nennt, alle Brücken hinter sich abbrechen? Er kann sich ja nicht sicher sein, dass ich seine Vertraulichkeiten nicht ausnutze! Wie dem auch sei, Goethe wusste von klein auf, dass er reich war, das hatte ihm die Atmosphäre seines Elternhauses vermittelt. Die Ständegesellschaft existierte weiter, und sie existierte auch in seiner Zeit in jedem Kleinkind weiter.

„Mein Gott", sagte Goethe ein wenig sentimental, „die Jahre in Frankfurt, die Alchymie, die Mystik, die schöne Seele, das Fräulein von Klettenberg hatten sich in mein ganzes Leben und Denken eingenistet. Jetzt im Alter ein Heide zu werden, hat mich viel Kraft gekostet, aber die Maternalisierung durch die vielen pietistischen Andachten in meinem Elternhaus, die Paternalisierung durch meinen den Zeitläuften verhafteten Vater, hatten den größten Teil meines Lebens im Griff gehalten. Ich hatte eine bürgerliche Herkunft mitgebracht, die Stein eine adlige! Wir brachten beide das Echo unserer Ahnen mit. Ich hatte meine bildungsbeflissenen und volksverbundenen Eltern, sie brachte die Welt des Hofadels und des schottischen Zweigs der Drums of Irving mit, eine Ehe mit einem Oberstallmeister, aus der sieben Kinder hervorgegangen waren. Etwas Unähnlicheres hätte sich kaum denken lassen. Sie war ihren Mann leid und wollte das junge Genie, für den der hannöversche Leibarzt Zimmermann lebhaft gekuppelt hatte. Wir konnten, nach allem was vorausgegangen war, gar nicht aneinander vorbei."

Rede nur weiter, dachte Riemer. Aber Goethe, der sich in Rage geredet hatte, sagte plötzlich: „Ich habe es mir überlegt. Wissen Sie, ich gebe Ihnen Caroline nicht. Sie verdienen sich nicht. Sie haben sich auf mir und auf ihr festgesetzt wie ein Zeck."

Es stimmte, aber Riemer antwortete nicht. Das liegt nicht mehr in seiner Hand, dachte er. Caroline hat sich mir so klar, selbstständig und erleichtert gezeigt, dass ich keine Furcht mehr haben kann.

Goethe kam dann auch gar nicht mehr auf seine Bemerkung zurück und redete weiter: „Charlotte wäre auch gern mit in den Süden gegangen, deshalb saß sie so gerne unter den Orangenbäumchen vor ihrem Haus. – Kennst du das Land, wo die Orangen blühen? Ich hatte ihr ja am 23. August 1786, kurz bevor ich nach Italien ging, geschrieben: ‚Und dann werde ich in der freien Welt mit dir leben und in glücklicher Einsamkeit, ohne Namen und Stand, der Erde näherkommen, aus der wir genommen sind.' Danach ließ ich sie unter den Orangenbäumen sitzen und setzte mich nach Italien ab. Besser hatte ich damals eigentlich nicht lügen können. Und ich würde der größte Deutsche werden, der jemals gelebt hat, wahrscheinlich der größte der Welt, wahrscheinlich größer, intelligenter und tiefer als Jesus. Dabei war ich immer unterwegs, von einer Gesellschaft zur anderen, von einem Unort zum anderen. Es ist eigentlich nicht zu glauben."

Er überschätzt sich, dachte Riemer. Er hatte seine Sachen immer für eine Frau geschrieben. Den Faust und den Götz für seine Schwester, den Werther für Charlotte Buff, die Iphigenie für Corona Schröter, den Tasso für Charlotte von Stein, die Wahlverwandtschaften für Minchen Herzlieb und Sylvie von Ziegesar. Und alle diese Frauen waren beim Schreiben in seiner Nähe gewesen. Er brauchte die Nähe und das „Betasten", wie Schiller gesagt hatte. Charlotte hätte sich vielleicht auch mit ein, zwei Umarmungen begnügt, wenn er sie nicht so mit seinen Liebesbriefen überflutet hätte. Und ein Satz wie „Es ist ein bös Ding um das Trennen" wäre da nicht so ohne weiteres aus ihr herausgekommen.

„Ich wusste schon, was mich erwartet hätte, wenn ich mich offiziell von Charlotte getrennt hätte", fuhr Goethe fort, „Vorwürfe, die mich auch aus der Contenance gebracht hätten. Gerede im ganzen kleinen Fürstentum! Dann lieber erst einmal die wortlose Flucht. Was hätte ich mir alles anhören müssen! Ich floh ins Nirgendwo! – Es würde mir unterwegs schon etwas einfallen. – Wie beim Schreiben!"

Goethe war, als seine, Riemers, Heirat mit Caroline Ulrich als bekannt galt, zu seinem Befremden mit lustigen Phrasen darüber hinweggegangen. Riemer wusste selbst, dass nicht Leidenschaft und übermächtige Liebe Caroline in diese Verbindung geführt hatte und wem ihre tiefsten Empfindungen gehörten. Er war sich aber sicher, dass sie trotzdem ihrem bedeutend älteren Mann eine gute und treue Frau werden würde. Sie würde auf sein zerrissenes Gemüt einen heilsamen Einfluss ausüben. Er selbst wertete den Eintritt in das Eheleben sehr hoch. „Die Vereinigung mit einem fast unter gleichen Bedingungen entwickelten und gebildeten Wesen, das ich beinahe wie mich selbst kenne, schließt und rundet es ab zu einem Ganzen, das nun erst Bedeutung, Wert und Wirksamkeit erhält." Hatte er an einen Freund in Weimar geschrieben. Er wusste, dass sein Mitbewerber Kieser in Paris die Aufsicht über alle preußischen Hospitäler hatte und er es noch weit bringen würde. Umso mehr erfreute es ihn, dass Carolines Wahl doch auf ihn gefallen war. Wenn nur die Zeit schneller vorüber ginge, so wie er hier mit Goethe saß. Um Goethe abzulenken und hinzuhalten sagte er: „Erzählen Sie doch noch ein wenig von Ihrer Rheinreise, Excellence!"

„Ich war auch wieder in Frankfurt", sagte Goethe, „früh bin ich durch das Messegewühl gegangen, wo man lauter frohe Gesichter sah. Seit dreißig Jahren war keine solche Messe gewesen. Ich war rundum die Stadt spazieren und habe mir die schönsten Umgebungen der Stadt beschaut. Das Wetter war gut, doch gab es keine Hoffnungen zu einer günstigen Weinlese. Ich habe mir im Theater Schillers Wilhelm Tell angesehen, es war nicht ergötzlich. Mit der Familie des Mannes meiner verstorbenen Schwester Cornelia bin ich viel umgegangen. Ich hätte nicht gedacht, dass Schlosser sich so schön entwickelt. Christiane und Uli schrieben keine Briefe, und so machte ich mir Sorgen um sie. Frankfurt ließ ich dann hinter mir und kam über Sachsenhausen, Neu-Isenburg, Sprendlingen, Langen nach Darmstadt. Die Nüsse wurden eben abgeschlagen, und die Birnen erwarteten ihre Reife. Zuletzt erreichten wir Heidelberg, und ich fand das lieblichste Quartier, ein großes Zimmer neben der Gemäldesammlung. Mein Sohn August wird sich noch des Sickingischen Hauses erinnern, das auf dem großen Platz dem Schloss gegenübersteht. Hinter welchem der Mond bald heraufkam und zu einem freundlichen Abendessen leuchtete.

„Ich denke jetzt zurück, wie ich nach Weimar kam", sagte Riemer, „ein aufstrebender Philologe, der seine Hauslehrerstelle bei Humboldts wegen einer unglücklichen Liebe zur Hausfrau verloren hatte."

„Bei mir war es anders", sagte Goethe, jetzt ganz überrascht. „Ein sechsundzwanzigjähriger Jüngling kam nach Weimar. Sohn eines reichen Vaters, im Studium der Jurisprudenz in Leipzig gescheitert. Weihnachten immer allein. Werther bringt sich ja auch an einem Heiligabend um. Kurz bei den Pietisten in seiner Vaterstadt Frankfurt untergetaucht. Er hatte in Straßburg eine Art Schnellabschluss gemacht: Lizentiat der Rechte. Aber er hatte doch einen Weltroman geschrieben ‚Die Leiden des jungen Werthers', der in ganz Europa Anklang gefunden hatte und natürlich schnell in alle Sprachen übersetzt wurde. Später sogar ins Chinesische. Das Büchlein, vielleicht ein Roman, war eine Annonce gewesen.

Der Verfasser hatte darin geschrieben, dass er die Notwendigkeit der Ständeordnung anerkenne, nur ihm solle sie nicht schaden. Das war im kleinen Herzogtum Weimar, wo die Großherzogin Anna-Amalia einen Erzieher für ihren Sohn, den späteren Herzog suchte, angenehm vernommen worden, und so knüpfte man Kontakte. So bin ich nach Weimar gekommen."

# 8. *veni, vidi, vici*

Oh du kalter gefühlloser Mensch, der du mich richtest, könntest du nur einen Augenblick meine Empfindungen und meinen Platz einnehmen, dachte Riemer. Aber das Glück wartet mit einem Kranz von Blumen auf dich, den reizenden und schönsten der Natur. Carolines Augen sind ein klarer Quell, in denen der Himmel sich schöner spiegelt. Ich konnte mich nicht mit dem Schauen begnügen, und der Genuss des Tieres steht mir bevor. Es ist höchste Zeit, sich den kurzen Rest seines Lebens nicht zu verkümmern durch allerlei sentimentale Grillen, die im Widerspruch zum Genuss stehen, den jedes Wesen sucht. Also – auch gegenüber diesem da – Heiterkeit, Mut und Dreistigkeit, dabei Klugheit für den wahren Zeitpunkt; das führt zum Zweck. Der Zweck ist doch die Hauptsache, nicht die Mittel.

„Woran denken Sie, Riemer?" fragte Goethe.

„Was nicht so ist wie sie, das nennen die Menschen krank, verstimmt. Natur, du bist so reich, so unendlich mannigfaltig. Was nur ist, das ist natürlich; auch die Unnatur ist natürlich."

„Sie sprechen aus, was ich schon immer gesagt habe", sagte Goethe.

„Man würde wie ein Tollhäusler schreiben, wollte man aussprechen, was das Herz empfindet."

„Was ich schon immer gesagt, ja, ich möchte sagen, gepredigt habe", erwiderte Goethe. „Das verächtlichste ist ein eitler Mann, der um Weibergunst buhlt. Der nicht wie Cäsar veni, vidi, vici sagen kann, sondern schmachtet. Eigentlich sind Sie mit dem, was Sie mit Caroline hinter meinem Rücken ausgesponnen haben, in meiner Achtung gestiegen. Dass Sie so aufrichtig sind, gefällt mir."

„Was für ein zartes Ding ist doch die Liebe", erwiderte Riemer, „die von schönen inneren Anschauungen sich nährt und stärkt, die die Vergangenheit und Zukunft in Eins schmilzt und so ein Ewiges fühlt und genießt, weit über allen Sinngenuss erhaben. Ein bisschen davon fühle ich jetzt, kurz vor meiner Hochzeit, auch."

„Sie müssten sich alle Sinne zukleistern, wenn Sie nicht von ihren Reizen ergriffen würden", sagte Goethe, „die Sinnlichen helfen den Geistigen, die Geistigen den Sinnlichen und kombinieren ihre Wirkung. Hochachtung und sinnliche Lust schließen sich nicht aus."

Mein ganzes Wesen, meine geistige und physische Organisation ist ein gestörtes Ding, dachte Riemer, die Natur hilft aber immer, flickt aus, wo und wie sie kann, und jetzt bin ich da, wo ich hinwollte.

Von unten erklang wieder Geschrei. Riemer erwartete, dass Caroline nun hinauf käme. Aber sie kam nicht. Goethe nutzte die Unterbrechung, um im Raume hin- und herzuwandern.

Das Junozimmer ist noch das schönste, dachte Riemer, mit dem Pianoforte und Meyers Bild von der Aldobrandischen Hochzeit an der Wand. Der große weiße Juno-Kopf in der Ecke starrte ihn an, als wolle er seine geheimsten Gedanken erraten. Das Junozimmer dünstete eine zarte Schwere aus. Goethe setzte sich auf die Setille unterhalb des Meyer-Bildes. Riemer, der jetzt auch begonnen hatte hin- und herzuwandern, auf einen der klassizistischen, rotbezogenen Stühlchen. Sie sahen sich an, ohne etwas zu sagen. So blieben sie vielleicht zehn Minuten sitzen. Wer hält es länger aus? fragte sich Riemer. Er blickte nach links und sah die Durchsicht durch die anderen türlosen Zimmer bis hin zum Majolika-Zimmer. Was gibt es denn da unten noch zu tun? fragte er sich. Ist etwas Neues mit dem Kleid? Ihm kam es auf das Kleid gar nicht an. Wenn er nur bald seine Frau in Händen hielte! Goethe sagte immer noch nichts, sondern beobachtete ihn unverhohlen. Auf dem Tisch zwischen ihnen stand eine kleine weiße Nike-Göttin. Goethe ergriff sie und spielte damit, als wolle er sie abstauben. Dann stellte er sie wieder zurück und bewegte die Lippen, allerdings ohne zu sprechen.

Jetzt stand er wieder auf, und die Holzdielen knarrten unter seinen Schritten, als er wieder auf und ab ging. Das Zimmer wirkte leer, trotz der kolossalen Möbel.

„Kommen Sie, wir lustwandeln ein wenig", ließ sich Goethe hin zu Riemer vernehmen. Gemeinsam mit dem Majolika- und dem großen Sammlungszimmer bildete dieser Raum die östlich vom gelben Saal gelegene Zimmerflucht. Das Deckenzimmer war das eigentliche Bilderkabinett. Die in Wechselrahmen ausgestellten Zeichnungen und Grafiken dienten als Anschauungsstücke für die mit Gästen häufig geführten Gespräche über die Gegenstände und die Geschichte der bildenden Künste. Viele Besucher hatten Goethe ihre Eindrücke über gerade dieses Zimmer geschrieben. Achim von Arnim hatte es in einem Brief vom 9. Mai 1808 nachdrücklich gelobt. Das Deckenzimmer war besser geheizt als das Junozimmer. Der Ofen von poliertem Stahl und bronziertem Kupfer war eine Arbeit des Weimarer Hofkupferschmiedes Henniger nach Entwürfen von Johann Heinrich Meyer. Bertuch hatte ihn im Märzheft 1813 seines „Journals für Luxus, Mode und Gegenstände der Kunst" abgebildet und beschrieben. Ihm, Riemer, kam das Zimmer gar nicht so großartig vor. Nur die klassizistischen Stühle, die römischen Modellen im antiken Herculaneum nachempfunden waren, gefielen ihm. Der ganze antike Schnickschnack, mit dem der da sich umgab, ärgerte ihn langsam. Obwohl er seit seinem Philologiestudium in Halle der Antike stark verbunden war. ER hatte so etwas nicht. Aber das Haus! Er sah das Haus vor sich, so wie er vor einer knappen Stunde hineingegangen war. Der gelbgestrichene, langgestreckte Bau

mit den Ein- und Ausfahrten für die Kutschen an beiden
Enden. Erdgeschoss und erster Stock, darüber die Mansar-
den. Dort oben hatte er neun Jahre lang gelebt. Gelebt war zu
viel gesagt. Er hatte dort gehaust, drei Jahre Tür und Tür mit
der Frau, die er gleich heiraten würde. Immerhin hatten sie
beide an Goethes Tafel mitessen dürfen.

Vor dem Haus auf dem Muschelkalk des Frauenplans hatte eben eine junge Frau gestanden und nach oben geblickt.
Er hatte ihr lange nachgesehen, bevor er durch die Haustür
ging, die oben ein kleines, spitzes Steindach hatte. Das Haus
sah aus wie eine Staatskanzlei, und eigentlich war es auch
eine. Hier liefen die Fäden zusammen. Jede geistige Regung
aus Europa wurde hier vernommen und sogleich beantwortet
oder begutachtet. Nun ja, bald hatte er eine eigene Wohnung,
fast um die Ecke. Dieses Haus würde aber auch immer seines
bleiben, denn die Taler für die Zuarbeit bei Goethe musste
er sich erhalten. Geld! – Das war es, woran es ihm mangelte.
Aber er wusste auch, dass er selbst launisch und bequem war,
bis neun im Bett blieb, während Goethe manchmal schon um
fünf Uhr früh aufstand und gleich aus dem Bett heraus diktierte.

Dieses Haus! – Er mochte es, denn es war seine erste
Zuflucht nach den Jahren des Herumziehens gewesen. Es
gab das Haus seit dem Jahre 1709. Ein fürstlicher Kam-
merkommissar und Strumpfverleger hatte es im Barockstil
erbauen lassen. Seine strenge symmetrische Fassade wurde durch das Eingangsportal und die großen Toreinfahrten
markant gegliedert. Der kleine gepflasterte Innenhof bildete den Übergang zum schlichten Hintergebäude. Seit drei
Generationen hatte sich das Haus im Besitz der Familie
Hellmershausen befunden, als Goethe im Frühjahr 1782 hier
eingezogen war. Er war eingezogen, zunächst als Mieter, als
ihn zunehmende amtliche und gesellschaftliche Verpflich-
tungen zu einer repräsentativen Wohnung zwangen. Er hatte

damals den Hofbrunnen und die Waschküche in Absprache mit dem Vermieter, sowie freien Durchgang durch den Garten nutzen dürfen. Dann hatte er sich Stück um Stück zum alleinigen Besitzer dieses Hauses gemacht. Auch mit Hilfe Carl Augusts.

In seinem Tagebuch hatte Goethe am 2. Juni 1782 notiert: „In die Stadt gezogen, zum ersten Mal hinne geschlafen." Fast fünfzig Jahre bewohnte Goethe dieses Haus jetzt schon. Wie viel ihm die neue Einrichtung die Arbeit erleichterte, war kaum zu sagen, und er konnte in der gleichen Zeit mit gleicher Mühe noch einmal so viel tun. Wenn Goethe nicht in Weimar war, regelte Philipp Seidel, inzwischen Rentkammerkalkulator in herzoglichen Diensten, die Angelegenheit Goethes vom Weimarer Frauenplan aus. Ab dem 30. April 1792 hatte Goethe das Haus mietfrei als standesmäßige Dienstwohnung bewohnt. Die Gelder dafür waren vom Herzog gekommen. Christian Gottlob Voigt hatte die Übergabe arrangiert. Als Goethe im Spätsommer 1792 die Campagne in Frankreich mitmachte, wurde der weitere Umbau Johann Heinrich Meyer übertragen. Als Goethe 1793 zusammen mit dem Herzog von der Belagerung der Stadt Mainz gegen die französischen Truppen zurückkam, war das Haus fertig und eingerichtet. Im Oktober 1806, als die siegreichen napoleonischen Truppen plündernd und brandschatzend durch Weimar zogen, musste Goethe noch einmal ernsthaft um Haus und Hof fürchten. Er heiratete noch in diesem Jahre seine Freundin Christiane Vulpius, die ihn vor andringenden französischen Soldaten beschützt hatte. Er habe „den Entschluss gefasst, in den Stand der heiligen Ehe ganz förmlich einzutreten", schrieb er an Nicolaus Meyer.

# 9. Unerreichbar?

„Woran denken Sie?" fragte Goethe in Riemers Schweigen hinein.

„Ich dachte an dieses Haus, das mir nun seit mehr als zehn Jahren zur Verfügung steht", erwiderte Riemer. „Ich kann gar nicht sagen, wie oft ich die enge Wendeltreppe zur Mansarde hinaufgestiegen bin, um mich meinem Plutarch zu widmen. Mein Gott, dass ich mir nicht das Bein gebrochen habe!"

„Sie sind gelenkig wie ich, Riemer", erwiderte Goethe, „Sie sind eigentlich körperlich naturkräftig gebaut und bedürften mehr der Bewegung in freier Luft."

Ich fühle mich am besten in Gelehrtenluft, hinter meinem Schreibtisch in meiner Mansarde, dachte Riemer, aber das sage ich dir nicht, das weißt du sowieso.

„Die Braut müsste bald kommen", sagte Goethe. Aber die Sache schien sich hinzuziehen.

„Ich erzähle Ihnen noch ein wenig von meiner Rheinreise", sagte Goethe.

Mein Gott, dachte Riemer, es quillt mir schon zu den Ohren heraus. Es war aber doch gut, dass du weg warst, denn so habe ich meine Heirat hinter deinem Rücken einfädeln können. Gegen deinen Willen. „Erzählen Sie mir etwas von der rätselhaften Beziehung zu Charlotte von Stein", sagte Riemer laut, nachdem er alle seine vorherigen Überlegungen in den letzten Winkel seines Gehirns verbannt hatte.

„Sie war meine Frau", sagte Goethe, „so wie Caroline jetzt die Ihrige wird. Ich kam damals mit meinem Betragen nicht durch die Welt. Sie mäßigte mich und mein Sturm- und Drang-Betragen mit Fluchen und pöbelhaften niederen Ausdrücken. Auf mein moralisches Handeln hatte sie starken

Einfluss. Sie glaubte aber doch, dass ich andere verderbe. Dass ich glaubte, dass alle Leute mit Anstand und Manieren nicht den Namen eines ehrlichen Mannes tragen könnten. Aber sie glaubte auch, dass ich für tausend Menschen Kopf und Herz hatte und alle Sachen klar und ohne Vorurteile sehen könne. Ich könne über alles Herr werden, was ich wollte. Sie glaubte aber am Anfang auch, dass wir niemals Freunde würden. Die Art, mit ihrem Geschlecht umzugehen, gefiel ihr nicht, sie nannte mich kokett, es sei nicht genug Achtung in meinem Umgang. Aber sie kam davon bald ab, und ich habe sie von der französischen Sprache ins Deutschschreiben gebracht. Wir waren bald zusammen, mussten uns aber mit der Welt arrangieren."

Riemer war sich darüber klar, dass er etwas ganz Neues zu hören bekommen hatte.

„Charlotte war ein Geschenk für mich", erwiderte Goethe, „so wie ich Ihnen Caroline Ullrich schenke."

Das glaubst du doch selber nicht, dachte Riemer. Die Heirat ist ein Resultat meiner Liebe, meiner Intrigen und meiner Sonette.

„Ich mochte Charlotte von Stein, weil sie genauso unerreichbar war wie Charlotte Buff", nahm Goethe den Faden wieder auf, „politisch, hatte ich im Werther dazu gesagt. Ich strebte, ein tüchtig Lebender zu werden, da musste mir die Unhaltbarkeit der Existenz des Liebenden immer deutlicher werden. Entweder Vernichtung meiner selbst oder eine verlogene Existenz ewigen Jammers. Sie bändigte mich, weil sie auch etwas von Tierdressur verstand. Und sie hatte eine unendliche Geduld. Die geistlichen und weltlichen Illusionen waren aber bei ihr alle vorüber. Sie war eine schöne Seele, schöne Seelen sind aber der Wandlung unfähig. Und sie ist eine Adlige geblieben, die zu ihrem Stand steht und auf mich herabgesehen hätte, wenn ich nicht ein so ausgezeichneter Belletrist gewesen wäre."

„Versuchen Sie doch einmal, objektiv oder juristisch über Ihre Beziehung mit ihr zu urteilen", sagte Riemer.

Goethe antwortete: „Objektiv? Es werden selbst in juristische Urteile immer Bewertungen einfließen. Auch wo der Richter einen Analogieschluss vornimmt oder ablehnt. Jeder Satz gehört dem weiten Bereich der menschlichen Hervorbringungen an, und diese zeichnen sich nicht durch besondere Objektivität aus. Also, alles, was ich Ihnen erzählt habe, ist nicht objektiv. Schließen Sie es in Ihr Inneres ein und bewahren Sie es auf."

Er ist größer als ich dachte, dachte Riemer. Über Gewissheitsverluste im juristischen Denken habe ich auch schon nachgedacht.

„Wer die gesellschaftliche Form beherrscht, den beengt sie nicht", schloss Goethe an das vorher Gesagte an, „Charlotte von Stein hat mir diese Beherrschung beigebracht, um die mit dem einzelnen unvermeidlich verbundene Unvollkommenheit zu überwinden. Ihr feinsinniger Blick konnte aber unter dem schimmernden Spiegel eines Sees auch die dunkle Tiefe sehen. Niemand anders hat mich so vor den Gefahren eines Hofes bewahrt. Manchmal glaube ich, sie hat elf Jahre lang einen Teil meines Wesens wirklich zerstört. Sie riet mir zu allem, was ich wollte. So konnte ich nichts mehr spontan tun, und damit tun! Ich konnte auch nichts mehr so offen sagen wie in meiner Sturm- und Drangzeit. Aber was ich nicht sagen konnte, ließ ich anklingen. Charlotte dachte sachlich und höfisch. Es war doch eigentlich eine ganz unmögliche Liaison. Um sie überhaupt zu verstehen, bediente man sich der Geschichte von der kalten Frau! – Das war sie überhaupt nicht. Zum Mensch sein gehört auch Sentimentalität, und ein bisschen davon erlaubte sie sich. Und diese Sentimentalität band sie auch an diesen Jüngling, der ich damals war. Wir lasen fast jeden Abend gemeinsam Spinoza, aber mir ging es nur darum, neue Sophismen zu lernen, die ich dann später auch gegen sie anwandte. Und dann ihre Tierliebe! – Die ließen sich abrichten! Und ich eine Zeitlang auch! – Dazu ihr Adelsbewusstsein: dass ich „gewisse Verhältnisse" aus den Augen gelassen habe, habe ich ihr nie verziehen. Ich wollte aber auch nicht zum Marinelli des Herzogs werden. Und was das Tierische zwischen uns anbelangt, sie war in ihrer zehnjährigen Ehe viel zu sehr Frau geworden, als dass sie sich diese Seite hätte entgehen lassen. Am nächsten kommt man sich durch das Tierische im Menschen. Wozu brauchte es da noch ein „Gelübde, das mich ihr völlig zu eigen machte"? Zum ersten Mal hat mich eine Frau nicht sofort angehimmelt. Ich wollte auch gewinnen."

Mein Gott, dachte Riemer, was redet der da? Sollte alles vorher Gesagte nicht mehr gelten? „Im Urphänomen wird die Vielfalt der Erscheinungen zur einfachsten gesetzhaften Anschauung verdichtet", hatte der da gesagt. War das gerade Gesagte „die einfachste gesetzhafte Anschauung"? Mein Gott, der Mann war unergründlich! „Heute fiel mir auf, wie doch eigentlich der Mensch das Unsinnige, wenn es ihm nur sinnlich vorgestellt werden kann, mit Freuden ergreift." Das hatte Goethe ihm einmal gesagt.

In diesem Augenblick hörte man aus dem kleinen Esszimmer lautes Geschrei. Goethe und Riemer eilten sofort hinzu und fanden Caroline im weißen Brautkleid auf dem Boden liegend, Christiane über sie gebeugt. „Der Schlag hat sie getroffen!" rief Christiane.

„Das glaube ich nicht", sagte Goethe ganz ruhig, „es wird eine Ohnmacht sein, angesichts dessen, was ihr heute bevorsteht."

# 10. Rheinreise und Entelechie

Riemer war einige Momente lang sprachlos, auch hilflos und blickte erst auf seine Braut, dann auf eine große Kolossalbüste des Zeus von Otricoli, die auf dem großen Aktenschrank an der Raumwand stand. Der Gipsabdruck ging auf eine römische Kopie des griechischen Originals zurück. Schon in seiner römischen Wohnung am Korso hatte Goethe einen Abguss besessen. Er beugte sich jetzt auch über die am Boden Liegende und sagte: „Wir müssen Huschke hinzuziehen." Huschke war der Leibarzt der herzoglichen Familie. Man einigte sich sogleich, Stadelmann zu Huschke zu schicken und ihn zu holen. Der war auch nach einer halben Stunde da, aber inzwischen hatte sich Caroline erholt. Christiane hatte ihr auf beide Backen geklopft und gerufen: „Wie heißen Sie?" Caroline hatte die Augen aufgeschlagen und gemurmelt: „Caroline Ulrich." Da wusste Riemer, dass es doch die bevorstehende Heirat mit ihm gewesen war. Wollte sie sich zurückziehen? Wilhelm Ernst Huschke sprach von einer glücklichen Krise und empfahl Arnika, bevor er sich wieder verabschiedete. Seine Gegenwart sei hier nicht mehr nötig, angesichts dessen, was bevorstand. Riemer versuchte, Caroline über die Wangen zu streichen. Aber er sah in ihren Augen, dass sie das jetzt nicht wollte. Auf Christianes Wink hin zog er sich mit Goethe zusammen wieder ins Junozimmer zurück, um zu warten.

„Mein Gott", sagte Goethe, „für die Weiber ist wohl eine Heirat das Größte. Aber wenn sie es nicht vertragen, sollten sie sich nicht darauf einlassen."

Wenn sie nur Caroline Riemer, statt Caroline Ulrich gesagt hätte, dachte Riemer. Er erinnerte sich, dass Goethes junge Freundin Sylvie von Ziegesar in diesem Jahr auch geheiratet hatte, und zwar den Jenaer Garnisonsprediger und Theologieprofessor F. A. Koethe. Goethe hatte vor, das junge Paar noch in diesem Jahr zu besuchen. Er schreckte offenbar vor nichts zurück.

„Es wird sicher noch eine Zeitlang dauern", fuhr Goethe in seine Gedanken, „ich erzähle Ihnen noch ein wenig von meiner Rheinreise, Riemer."

Riemer aber dachte an Carolines Ohnmacht. Es schien, als habe sie Abschiedsschmerz gezeigt, jetzt, da sie aus dem Haus, das viele Jahre ihr Heim gewesen war, ausziehen sollte.

Goethe störte sich nicht an seinen Gedanken, sondern begann zu erzählen: „In Heidelberg begann ich die Betrachtung der alten Meisterwerke des Niederlandes, und da musste ich bekennen, dass sie wohl eine Wallfahrt wert wären. Ich habe mir meinen Freund Meyer, den in der Sache Besten, an meine Seite gewünscht. Ich besuchte Frost, und die schlichte Gutmütigkeit der Hausfrau des Professors gab Anlass zu manch launigem Scherz. Ich folgte ihr überall hin, als sie mich bei meinem Besuch in alle Orten und Enden im Hause herumführte und mir zuletzt sogar den Gänsestall unter der Treppe zeigte. Gegen Abend erstieg ich das Schloss. Das Tal erschien in aller seiner Pracht und die Sonne ging herrlich unter. Am Montag, dem 26. September, besuchte ich Frau von Humboldt, den Nachmittag verlebte ich mit Boisserée. Ich fand ihn in den zehn Jahren, wo ich ihn nicht sah, kaum gealtert. Ich zähle Ihnen, Riemer, die gesamte Palette der niederländischen Maler, die ich gesehen habe, nicht im Einzelnen auf. Über die Bilder kann ich wirklich zu mir selbst kommen. Aber auch bei den religiösen Bildern greift die politische und die Kirchengeschichte mächtig ein. Ich sprach mit Friedrich Christian Schwarz, Theologieprofessor und Kirchenrat in

Heidelberg, und er freute sich, als ich ihm sagte, dass sich in dem Hintergrund der Bilder noch ein höherer Sinn verberge. Es machte ihm Freude, dass ich dieses bemerkt hatte. Ich spazierte viel in der Stadt herum und betrachtete immer wieder die Niederländer. Auch einige Divan-Gedichte habe ich in Heidelberg geschrieben. Das Schloss besuchte ich zum wiederholten Mal. Die Wälle so hübsch und reinlich angelegt, dass es mit den alten ruinierten Türmen, Gebäuden und Efeumauern den gefälligsten Kontrast macht. Abends hatten Boisserée und Bertram eine große Gesellschaft zusammengebeten. Ich trug einen schwarzen Frack, graue Hosen und Stiefel. Ich hielt bei diesen Gesellschaften meistens nur bis zehn Uhr aus, meistens stehend. Am Sonntag, dem 2. Oktober, fuhren wir nach Mannheim. Wir waren am Abend um ein Uhr bei hellem Mondschein glücklich in Heidelberg wieder angelangt. Ich las Thibauts kleine Schrift „Über die Notwendigkeit eines allgemeinen bürgerlichen Rechts für Deutschland". Sie lässt, mit großer Sachkenntnis, uns tief in die Übel schauen, ohne sehr die Hoffnung zu beleben, dass sie behoben werden könnten. Und dann immer wieder das Schloss. Ich las viel, auch einige Lebensbeschreibungen der Maler."

Dieser Kunstfreund, dachte Riemer, was ich über die Sprache gesagt habe, steht weit darüber.

„Die Bilder haben etwas Magisches", fuhr Goethe fort, „in der Nähe der magischen Zustände treffen wir das Dämonische, jene geheimnisvolle Macht. Es umfasst Zustände, in denen die normalen Grenzen und Maßstäbe des Daseins aufgehoben und umgewendet sind. Mit dem magischen Teil der Zweideutigkeit. Es ist eine rätselhafte Schicksalsmacht. Es ist mir auch zugeflossen, und ich habe in meinem Leben mehrmals davon Gebrauch gemacht."

Ich weiß, dachte Riemer, so hast du auch die Frauen an dich gebunden.

Goethe sprach weiter, als habe er Riemers Gedanken erraten: „Damit verbunden ist auch der Begriff der Aneignung, eine Entelechie, die nichts aufnimmt, ohne es sich selbst durch eine Zutat anzueignen. Der Daimon oder Personenkern, der mit unbedingtem Wollen in die Welt greift, entdeckt damit eine höhere Fähigkeit. Durch Aneignung des Gegensätzlichen kann der Mensch auch persönlich wachsen. Doch davon genug. Jedenfalls spazierte ich am Nachmittag den Neckar aufwärts, rechts hinauf zum Wolfsbrunn. Dann zu Voss, den ich wegen seiner Beharrlichkeit in seinem Übersetzungswesen bewundern musste. Mir gefielen die alten Maler, nicht aber die Neueren, die es mit Religion und Kunst nicht ehrlich meinen. Der ist ein Lump, der sich nur fromm stellt. Ich bin ein Heide, aber stehe nicht dafür ein, dass mich nicht das Christentum doch noch in seine Gewalt bekomme."

Er ist einer wie ich, dachte Riemer, ich kann es ihm nur nicht sagen. Vielleicht hat Caroline das alles bemerkt.

„Seit Jahren wurde ich um diese Bilder hier gequält. Der Gelehrten schwatzten mir von Hemling und van Eyck, dass mir blau und braun vor den Augen wurde. Ich denke, nun muss ich selbst sehen, dass dem Ding ein Ende wird. Was mich aber freute, ist, dass die Lumpen all das Rechte nicht gesehen haben, ich habs gesehen! Man wunderte sich auch, dass ich mit Stadelmann alle Ausgaben des nächsten Tages besprach. Ich sagte dazu: ‚Wenn die Prosa abgetan ist, kann die Poesie umso lustiger gedeihen. Man muss sich das Unangenehme vom Halse schaffen, um angenehm leben zu können, und der Schlaf bekommt umso besser.' Die Töchter meiner Wirte mochten wohl Anziehungskraft genug ausüben. Besonderes musste mir Luise Maurer viele meiner eigenen Lieder singen, nach den beliebten Reichardtschen Melodien. Ich fuhr dann nach Darmstadt und hoffte am Dienstag, dem 11. Oktober, in Frankfurt zu sein. Mit meinem Schwager Schlosser kam ich sehr gut zurecht. Er ist liebevoll und tätig, kennt die Stadt

Frankfurt und die Verhältnisse. Dadurch wurde er mir sehr nützlich, indem ich mich mit meinem Betragen nach seinen Winken richten konnte."

Da hast du's, dachte Riemer, er denkt immer nur an sich.

# 11. Respice finem

„Wie denken Sie über die Sprache?" wechselte Goethe nun das Thema.

Riemer schaltete blitzschnell um. „Ein in die grammatische Form gegossener Satz schafft sofort Wirklichkeit. Auch wenn er noch so unsinnig ist."

„Stimmt", sagte Goethe, „sobald einer zu sprechen beginnt, beginnt er zu irren."

„Die Sprache drückt fast alles unter dem Material der Bewegung aus: Das Ohr vernimmt nichts anderes als Bewegung, und das Auge kann nur das Geschehene durch Bewegung zur Sprache bringen. Noch jetzt in unserer konventionellen Sprache wird alles Geschehene bloß noch als Bewegung vorgestellt."

„Da gebe ich Ihnen Recht, Riemer", erwiderte Goethe, „welche unendlichen Vorteile des selbstständigen Denkens durch den Gebrauch der Muttersprache gegeben sei, ist noch nicht gehörig ins Licht gesetzt. Glauben Sie, ich hätte durch etwas anderes gewirkt als durch Sprache?"

Natürlich, dachte Riemer, durch das Dämonische und durch die Aneignung hast du gewirkt. Die Sprache war nur eine Folge davon.

„Mein Kind, ich habe es klug gemacht. Ich habe nie über die Sprache gedacht", sagte Goethe.

Dann hast du etwas Wesentliches versäumt, dachte Riemer. Das Menschenleben ist zwar ohne Sprache nicht denkbar, und wenn wir mit Sprache über Sprache nachdenken, geraten wir in Paradoxien, weil das Untersuchungswerkzeug und das zu Untersuchende identisch sind, aber das Denken über die Sprache hatten mich doch in meinen ganzen Beziehungen zu Mensch und Welt weitergebracht.

„Lassen wir das", fuhr Goethe dazwischen, „am Donnerstag, dem 20. Oktober, ging ich nach Hanau, und am Donnerstag, dem 27. Oktober, war ich wieder in Weimar. Nur um von dem zu erfahren, was Ihr hinter meinem Rücken betrieben habt. Ich freute mich, Caroline wiederzusehen und küsste sie auf eine schmerzliche Weise. Sie schien mein Leiden auch bemerkt zu haben. Ich ordnete meine Geschäfte, und jetzt bin ich wieder bei Ihnen. Wie lange sitzen wir hier schon zusammen? Gleich ist doch die Trauung."

„Ich habe Sie nicht ganz vergessen, Exzellenz", sagte Riemer.

„Sie müssen aufbrechen, Riemer", sagte Goethe, „die Uhr ist halb sieben." – Riemer hatte über dem Gespräch die Trauung fast vergessen. Die Braut kam mit Christiane nach oben, offensichtlich völlig erholt von ihrer Ohnmacht. Sie weinte ein wenig. Christiane verabschiedete sich und fuhr mit Kanzler von Müller in Goethes Kutsche voraus.

Das Brautkleid war doch, nach allen Anstrengungen es zu ändern, zu eng gearbeitet worden und hatte einem neuen Festtagskleid weichen müssen. Es war in einer Art dunklem Orange gehalten, mit leichten Puffärmeln und über Schultern und Busen ganz eng gearbeitet. Der Busen bis zum Ansatz der Brüste frei. Über den Schultern von zwei blauen Bändern mit weißen aufgestickten Schlangenornamenten gehalten, Bänder, die knapp über dem Busen von einer Seite zur anderen liefen und sich zwischen den Brüsten, senkrecht nach unten, die Körpermitte betonend, verflüchtigten. Das Kleid betonte ihr frische, zierliche Figur, eng wie es saß, und machte Riemer auch gleich ein wenig lüstern, denn ihr Hintern wurde durch das enge Kleid ungewöhnlich betont. Bevor sie zusammen mit Christiane das Haus verließen, warf Caroline noch ihren schwarzen, warmen Stoffmantel über.

In ihren schwarzen Seidenstrümpfen und den hohen Pumps stöckelte sie schnell mit dem kaum mithaltenden Riemer zu Goethes Landauer, während Goethe zu Hause geblieben war. DAS wollte er sich doch nicht antun, mit seiner Anwesenheit diese Ehe zu segnen, die hinter seinem Rücken arrangiert worden war. Es ging zur Jakobskirche, die 1713 auf dem Fundament einer aus dem Jahre 1168 stammenden Kirche gebaut war. Die Kirche mit den sechs glasgemalten Fenstern wurde 1728 Garnisonskirche und später Weimarische Hofkirche. Die Kirche sah von der Seite ein wenig Goethes Wohnhaus am Frauenplan ähnlich. Nur der Glockenturm wirkte wie ein Anhängsel. Alle drei gingen durch die Seitentür in die Sakristei, wo sich auch Goethe mit Christiane am 14. Oktober 1806 hatte trauen lassen. Es war eine sehr einfache, kurze Zeremonie. Aber viele Mädchen und Kinder, die von Riemers Heirat gehört hatten, drängten sich in dem schmalen Raum. – Die Zeremonie dauerte deswegen, denn die Kinder nahmen wenig Rücksicht. Kollaborator Köhler nahm die Trauung vor. Goethe war nicht dabei. Er war am Abend bei der Regierenden Herzogin eingeladen.

Mein Gott, dachte Riemer, als sie nach ihrer schnellen Trauung in ihrem neuen kleinen Domizil angekommen waren, diese Schnelligkeit, das hätte ich nicht gedacht. Die Gäste nahmen nur ein Glas Champagner, den Christiane bereitgestellt hatte, und gingen dann schnell. – Im Schlafzimmer konnte Riemer seine Sachen nicht schnell genug herunterbekommen. Er freute sich, als er Carolines schönen Körper aus dem Kleid steigen sah. Im Küssen war sie gut. Das stellte er schnell fest. Wahrscheinlich von Goethe. Die beiden Ehebetten standen nicht weit voneinander entfernt, und sie legten sich in seines. Sie war frisch, schmelzend und von einer aufregenden, rührenden Unerfahrenheit. Jungfrau war sie auch noch, und bald war es vorüber. Hinterher unterhielten sie sich. Er sprach darüber, wie das Schicksal ihm nach den Jahren der Entbehrungen solch eine Frau beschert hatte. Und sie wusste, dass sie Goethes Alter Ego geheiratet hatte, vielleicht sogar seinen Doppelgänger und dass sie soeben mit ihm geschlafen hatte. Sie wusste aber auch, dass sie Goethe nicht zu verlassen brauchte und dass sie mit seinem kreuzbraven Faktotum weiter seine Zuarbeiterin bleiben würde.

# *Karlsbad tanzt*

Goethes Flucht nach Italien

# 1. Drei Rote Rosen

„*I*ch finde allerley Mängel zu verbessern und allerley Lücken auszufüllen, stehe mir das Gesunde der Welt bey!" hatte Goethe vor seiner Italienreise an den Herzog Carl August geschrieben.

Karlsbad war seine erste Station nach Italien. Es war das schönste und größte Modebad im westlichen Böhmen, zwischen dem Kaiserwald und dem Duppauer Gebirge gelegen, wo der Tepl-Fluss in die Eger mündet. Berühmt durch seine Glaubersalzquellen, die gegen Erkrankungen von Leber, Galle, Milz, des Magens und des Darms halfen. Das Bad war der modische Treffpunkt der Aristokratie und vieler gekrönter Häupter in Europa. Dazu Wissenschaftler, Politiker, Künstler und Militärs. Politische Agenten aller großen und kleinen Staaten gaben sich hier ein Stelldichein. Das gesellschaftliche Leben war reich und bunt. Spaziergänge, Ausflüge, Tanz und geistreiche Konversation. Goethe war schon im Vorjahr ein paar Wochen dort gewesen und hatte gleich gemerkt, dass das hier doch etwas Anderes war als das biedere Weimar. Hier ließen sich bestimmt auch ein paar Liebschaften anspinnen, obwohl seine Freundin Charlotte von Stein schon seit ein paar Wochen hier war.

Am Dienstag, dem 25. Juli 1786, um fünf Uhr früh reiste er von Jena, wo er Zwischenstation gemacht hatte, nach Karlsbad ab. Die Reise ging über Winzerla, Göschwitz, Rothenstein, Kahla, Schleiz, Zedwitz, Neuhausen, Schönbach, über die Grenze nach Franzensbad, Mariakulm und Zwodau. Am Donnerstag, dem 27. Juli 1786, war er in Karlsbad. Er hatte Frau von Stein brieflich gebeten, ihm ein Quartier mit zwei Betten im Logierhaus „Drei Rote Rosen" zu besorgen, da er seinen Schreiber Christian Georg Vogel mitbrachte. Er hatte vor, wenig zu schreiben und viel zu diktieren. „Wenn ich in deiner Nähe bin, ist mir's wohl", hatte er an Charlotte geschrieben.

Als er am Abend in den großen Festraum, den Braunen Saal trat, drängte sich alles um ihn her. Er war siebenunddreißig Jahre alt und hatte in Frau von Stein eine Geliebte, die vierundvierzig war. Das war in der toleranten Adels- und Oberklassengesellschaft des späten 18. Jahrhunderts nichts Ungewöhnliches. Der Adel war überzeugt, dass man jeden zum Hofmann erziehen konnte. So war man Goethes Annonce im Werther nachgegangen: „Zwar weiß ich so gut als einer, wie nötig der Unterschied der Stände ist, und wie viel Vorteile er mir selbst verschafft: Nur soll er mir nicht eben gerade im Wege stehen, wo ich noch ein wenig Freude, einen Schimmer von Glück auf dieser Erde genießen könnte." Aber was er im Werther geschrieben hatte, war Literatur und auf Wirkung berechnet. Auch Charlotte war darauf hereingefallen: „Der vor tausend Kopf und Herz hat, der alle Sachen so klar und ohne Vorurteile sieht", hatte sie vor zehn Jahren über ihn geschrieben.

Sie wohnten jetzt nebeneinander, und es war leicht, in ihr Zimmer zu gelangen. Sie legten sich nebeneinander in ihr schmales Bett. Sie entschlossen sich, gemeinsam spazieren zu gehen. Auf der „Wiese", der großen Hauptstraße des Bades spazieren. Sie hatte ihren Spitz Lulu mitgenommen. Die „Wiese" war eine überlange Amüsiermeile, auf der man beim Sprudeltrinken flanierte, gesäumt von Ufermauern neben der Eger und Kastanienbäumen. Die Stadt Karlsbad reichte teplabwärts bis zu einer Mühle, weshalb die dort entspringende Quelle der Mühlbrunnen genannt wurde. Umgeben war die Wiese von baumbestandenen sogenannten Geheimen Gemächern, das waren Toilettenhäuschen, die man bei zwanzig bis dreißig Bechern Sprudelwasser täglich auch brauchte. Goethe hatte „vor den Schlüssel zum besonderen Gebrauch" einen Gulden bezahlt. Sein Sinn für Hygiene hatte viel Unschönes entdeckt. Der Sprudelsalzkessel war noch nicht überdacht und der grüne Zaun zum Fluss hin war auch noch nicht da. Zwischen Toilettenhäuschen und den gegenüberliegenden Häuserfassaden spazierten die Reichen und Schönen des späten 18. Jahrhunderts auf und ab. Manchmal wagte sich eine Kutsche mit Lohnbedienten hinten auf dem Schlag auf diese Meile. Reiter kreuzten die Fußgänger. Hinter den Geheimen Gemächern auf der anderen Seite der Eger reihte sich wieder ein schönes Haus an das andere. Im Hintergrund erhob sich der Hirschenstein mit mineralischen Felsen, die Goethe interessierten.

Goethe und Charlotte sprachen über die Aussicht, über das letzte Tanzvergnügen und kamen dann auf Spinoza, einen Philosophen des 17. Jahrhunderts, den sie den ganzen Winter über zusammen gelesen hatten. Goethe hatte alles übersetzt, denn sie verstand kein Latein.

„Ich habe so etwas Klares, Gedankenreiches und Stringentes über Gott, die Welt und alles, was damit zusammenhängt, noch nicht gelesen", sagte sie, „eigentlich habe ich überhaupt etwas Ähnliches noch nicht gelesen: ‚Unter Ursache seiner selbst verstehe ich das, dessen Wesen die Existenz einschließt, oder das, dessen Natur nur als existierend begriffen werden kann.' – So fängt seine Ethik an. Das ist ja schon ein reiner Gottesbeweis. Und das übrige in der Ethik wird die Wissenschaft in den kommenden Jahren beweisen."

# 2. Sinnenfeind und Sinnen- freude

Sie ist klüger, als ich mir vorgestellt habe, dachte Goethe, wahrscheinlich sogar klüger als ich, was das Abstrakte angeht. – Ich muss probieren, anschauen und betasten, um zu begreifen.

„Von Dingen, die nichts miteinander gemein haben, kann nicht das eine Ursache des anderen sein, Lehrsatz drei", fuhr Charlotte fort.

Rabulistik, dachte Goethe, sie kann schon mehr als alle anderen, und jetzt noch das! – Aber so ist das mit klugen Frauen! – Sie ist ja selbst der reinste Gottesbeweis! Und so eine will ich verlassen? Ihr Mut, ihre Übersicht, wie sie die „Kröten und Basilisken" bei Hof einschätzt, sie hat mich in Weimar wie ein Korkwams über Wasser gehalten. Aber es geht nicht mehr. Das gefrorene Meer in mir sucht nach einem Ausweg in die Wärme. Das aber finde ich nur im Süden. Fern von der christlichen Sinnenfeindlichkeit in der Sinnenfreunde der Antike, obwohl Charlotte mir einiges geboten hat. Hat ja auch zehn Jahre geübt. „Pfui, wie hässlich ich bin", hatte sie einmal ausgerufen, als sie schwanger, nackt vor den Spiegel trat. Sie hatte Goethe davon erzählt. Goethe hatte die Szene in den "Wilhelm Meister" aufgenommen. – Warum musste sie sich überhaupt in ihrem damaligen Zustand vor dem Spiegel auskleiden?

„Denkst du auch so wie ich", fragte sie in Goethes Gedanken hinein.

Klar, sie wollte, dass alle so dachten wie sie. Und wenn sie es nicht taten, war ihr bisher immer etwas eingefallen, zur Not etwas aus der Tierdressur. Wie sie mit dem Dichter Lenz fünf Wochen auf ihrem Wasserschloss in Kochberg verschwunden war, ohne sich um Goethe zu scheren. Das war die Rache für seine „Miseleien" und für Corona Schröter. Sie hatte damals überhaupt keine Skrupel gekannt, hatte sich aber nach den fünf Wochen eingestehen müssen: „Lenz ist kein Goethe."

Sie waren auf dem Rückweg und schon bei der „Wiese" angekommen. Die Gräfin Lanthieri, eine hübsche Frau, kam ihnen mit ihrem Mann entgegen, und er spürte, wie Charlotte zusammenzuckte. Die Gräfin Lanthieri würde er nicht aus den Augen verlieren. Sie wollte auch nach Italien. Vielleicht traf man sich in Venedig wieder, dann war er allein. Sie war viel jünger als Charlotte und hatte auch viel weniger Falten. Sie tanzte auch gut. „Und dass ein Mädchen, dass ich liebte, auf das ich Ansprüche hätte, nur nie mit einem anderen walzen sollte als mit mir, und wenn ich darüber zugrunde gehen müsste", hatte er in seinem Werther geschrieben.

Mein Gott, schon vor ein paar Jahren hatte er keinen lateinischen Schriftsteller mehr ansehen können und hatte nichts, auch kein Bild von Italien, ansehen können, ohne entsetzliche Schmerzen zu leiden. Herder hatte immer gescherzt, dass er, Goethe, sein ganzes Leben aus dem Spinoza lernen würde. Herder wusste aber nicht, dass er sich vor jedem lateinischen Schriftsteller hüten musste, um nicht gleich Sehnsucht nach dem Land zu bekommen, wo die Zitronen blühten. Er hatte nur zwei von Wielands übersetzten Horaz-Satiren lesen dürfen, und schon war er vor Sehnsucht toll geworden. Hätte er nicht den Entschluss gefasst, den er jetzt auszuführen begann, wäre er rein zugrunde gegangen und zu allem unfähig geworden. Solch einen Grad der Reife hatte die Begierde, die südlichen Gegenstände mit Augen zu sehen, in seinem Gemüt entzückt. „Die Gegenstände standen gleichsam nur eine Handbreit von mir ab, waren aber doch durch eine undurchdringliche Mauer von mir abgewandt."

Mein Gott, ich bin doch gegen meinen Willen hier. Das ist doch Willensaufnötigung! – Wie komme ich nur dazu? – Der Wind hier unten ist schön, ich habe einen neuen Rock an, aber der Gedanke an Trennung lässt mir keine Ruhe! – Ich kann nicht mehr! Ich werde sie aber noch bis Schneeberg begleiten! – Mit ihr in einer Kutsche. – Die Postchaise ist ja bequem. Besser als mein Landauer. In Schneeberg muss ich wieder unter die Erde, in die Bergwerke! Wenn es nicht verboten ist wie letztes Jahr. „Er lebt in Bergwerken", hat sie damals an Knebel, Goethes Urfreund, geschrieben. Ich werde aber für sie zeichnen, dachte Goethe. – Ich werde für sie einen hohen Berg zeichnen. Wir gehen an der Eger entlang, zum Sprudel. Ich trinke und bade. Sie trinkt nur. Ziemt sich ja auch nicht für eine Frau. – Sieh mal, da kommt wieder die Aloysia Lanthieri, gerademal etwas über dreißig. Sie ist ungemein anziehend und gebildet. Sie hat mir schon offen gestanden, dass ihr Herz, wäre es frei, sofort mir, Goethe, zugefallen wäre. – Zum zweiten Mal in zwei Jahren hatte er mit Charlotte den Blick in die große Welt Karlsbads genossen, und er hatte gespürt, dass er gefiel, und dass er später noch viel Zeit hier verbringen würde. Er würde ihr einige Episteln voll undeutlichen Inhalts von seiner Italienreise schicken. Jetzt aber galt es erst einmal die vielen Pfänderspiele und Tanzereien zu überstehen.

Wissen schien Charlotte das beste Werkzeug gegen die Verstrickungen einer bemitleidenswerten Weiblichkeit zu sein, gegen den Versuch, sich in einem Mann zu verlieren. Sie hatte nicht vorgehabt, so viele Kinder zu bekommen. Die Rolle der Wissensdurstigen und der Mutter waren für sie unvereinbar. Ihren Körper hielt sie für alt und nicht begehrenswert, aber ihr Geist war jung und ihre Urteilskraft war unbestechlich. Sie konnte sich nur noch einmal in einem jungen Mann verwirklichen. Einem, dem das Geniale anhaftete. „Obs Unrecht ist, was ich empfinde, und ob ich büßen muss die mir so liebe Sünde ..." Dafür der Schnürleib, das Fischbeinkorsett, die rosa Wildlederstöckelschuhe, die aufgetakelte Frisur, die sie in der Gesellschaft wie eine Pfauhenne aussehen ließ. Sie wollte teilhaben am Wissen, das ihr junger Liebhaber mitbrachte, und später wollte sie vielleicht auch einmal schreiben. Schon Herders Theorien hatten sie begeistert. Ihr junger Genialer hatte ihn nach Weimar gelotst. Wahrscheinlich waren wir zuerst Pflanzen und Tiere. Was nun die Natur weiter aus uns stampfen wird, ist nicht abzusehen. Das Welträtsel lösen ... Sie traute es sich zu, zusammen mit diesem jungen Geliebten. Sie brachte den Adel mit, nach dem dieser schon im Werther gestrebt hatte. Sie war zwar arm, aber doch gut verheiratet mit dem Wasserschloss Kochberg und dem Stallmeister als Anhängsel. Das Körperliche ließ sie über sich ergehen. Sie brachte sieben Kinder zur Welt. Die vier Mädchen starben, die drei Jungen überlebten. Was ihre Beziehung anging, so brachte er als Erbe den reichen, verwöhnten und überdies jungen und berühmten Frankfurter Bürgerssohn mit. Dazu noch den Rechtsgelehrten, der vom hannöverschen Modearzt Zimmermann zu Charlottes Liebhaber ausguckt worden war.

# 3. „Kröten und Basilisken"

Auch ihre Vorlieben stimmten überein. Sie hatte schon immer eine Affinität zu Büchern gehabt, und Goethe wollte auch wissen, was die Welt im Innersten zusammenhielt. Er wusste, dass er mit ihr machen konnte, was er wollte. Sie war fast fünfundvierzig Jahre alt und nach damaligen Maßstäben eine ältere Frau. Er war achtunddreißig. Sie konnte froh sein, dass sie einen so genialen Geliebten hatte. Sie könnte natürlich zu ihrem Mann zurückkehren. Aber Goethe könnte sich eine Jüngere nehmen und sie heiraten. Das würde zwar die ganze Adelsgesellschaft in Weimar verstimmen, und er hätte Charlotte damit einen Schlag versetzt. Die ganzen jungen Schönheiten in Weimar warteten auf eine Chance, die Frauen waren ziemlich auf dem Quivive. Wovon sollte Charlotte denn im Alter leben, wenn sie ihr Gut in Kochberg nicht mehr hätte? – Wohin sollte sie sich zurückziehen, wenn sie des Hoflebens überdrüssig wäre? Wenigstens für ein paar Wochen, denn der Kontakt zum Hof musste gehalten werden, allein wegen ihres Bruders Schardt, der in herzoglichen Diensten stand. – Einen älteren Liebhaber? – Vielleicht Knebel, dem sie es durch die Blume schon angetragen hatte? – Nein, die Männer wollten alle diese schrecklichen jungen Dinger ohne Verstand. Der Herzog hatte fast jeder jungen Sängerin ein Kind gemacht, und es gab genug in der zweiten Reihe, die sich freuten, die Gefallene zu heiraten und den Bastard zu adoptieren. Man bekam dann vielleicht eine Stelle als Kammerherr. – Der Hof! Sie konnte sich nur wiederholen. „Kröten und Basilisken" hatte Goethe gesagt, und in ihrem Urteil über den Hof waren sie immer einer Meinung gewesen. Es war für ihn wahrscheinlich das erste Mal gewesen, dass eine gebildete Frau zu ihm aufgeblickt und versucht hatte, um seinetwillen besser

zu werden! – Für ihn! – Besser, damit meinte sie: vollkommener
zu werden, gebildeter, auch schöner, denn sie hatte gemerkt, dass
er schöne Kleider an Frauen liebte. Angefangen bei Werthers
Lotte, die auf sie vorgespukt hatte, mit ihrem weißen Kleid mit
den blassrosa Schleifen. Sie hatte sich das blassrosa gut gemerkt,
denn als sie ihn vor knapp zehn Jahren in Ilmenau besucht hatte, um die angefressene Beziehung wieder zu kitten, hatte sie
blassrosa, stöckelhohe Wildlederschuhe angehabt, die er auch
gemocht hatte. „Einen ganzen Tag lang ist mein Auge nicht auf
dem Ihren gekommen", hatte er damals an Herder geschrieben.
„Den Engel, die Stein habe ich wieder", hatte es in diesem Brief
gelautet. Herders Frau Caroline hatte ihr das Schreiben gezeigt,
und sie, Charlotte von Stein, geborene von Schardt, war sich
immer wertvoller vorgekommen. – Die Leute rochen ihr damals
an, was sie für diesen jungen Fant fühlte. Aber sie hatte gelernt,
bei sich zu sein, und vollkommene Contenance zu zeigen. –
Contenance, das Zauberwort ihres Standes. Ein französisches
Wort, ein Wort aus der Sprache des Adels, ihrer Klasse. Sie war
die Untertanin eines gottgewollten Fürsten. Hoffentlich gab er
sich früher oder später keine Verfassung! „Cependant trop de
jeunesse et peu d'expérience", hatte sie vor zehn Jahren an Zimmermann geschrieben, als Goethe gerade ein paar Monate in
Weimar war. Aber auf eine unerklärliche Weise hatte er sich
nach oben geschoben, den Fürsten an sich gebunden und war in
den Geheimen Conseil gelangt. Er hatte dann mit dem Herzog
lange Reisen unternehmen müssen, aber das kannte sie ja schon
von ihrem Mann, der eigentlich nur nach Hause gekommen
war, um sie zu schwängern. „Das von Natur Geduckte noch stärker zu ducken!" – Goethe würde ihr kein Kind mehr machen,
dazu war er zu vorsichtig. Er mochte ihre Küsse, an denen er sie
bei den Pfänderspielen wiedererkannte. – Sollte eine Frau, die
sieben Kinder geboren hatte, noch Hemmungen haben? – Vor
wem denn? – Vor ihrem Geliebten bestimmt nicht! Aber wenn
er sich für andere Frauen interessierte, wurde sie schnell giftig

und griff seinen Verstand an. Das konnte er überhaupt nicht vertragen, genauso wenig wie Stein, ihr Mann, der aber wirklich die Begriffe im Kopf nicht richtig zusammenbekam. – Stein war debil, Ochsenmast, Bullenzucht und die neueste Lackierung für die Kutschen des Herzogs. Nein, sie brauchte diesen jungen Liebhaber, für ihr Überleben und ihre Selbstachtung! – Alles andere waren sinnlose Gedankenblasen! Goethe musste sich vor fünf Jahren entschlossen haben, sich innerlich umzustellen. Aus dem bekenntnisfreudigen Stürmer und Dränger war ein zumeist schweigender Hofmensch geworden. Jedenfalls schwieg er über politische Verhältnisse in Weimar, zumindest ihr gegenüber. Was für ein Unterschied war doch zwischen dem Liebhaber und dem Hofmann! – Aber er wusste, dass er von oben, von der Turmgesellschaft, sorgfältig beobachtet wurde, und das trieb ihm auch weitere Tändeleien weitgehend aus. Seine Wandlung hatte sie nur stufenweise und ganz allmählich mitbekommen. Dafür waren seine Billets immer zärtlicher geworden. Aber sie konnte noch gut zwischen Gelebtem und Geschriebenem unterscheiden. Und ihr Blick war auch unbestechlich. Er hatte alles, was er nicht sagen konnte, in sein Werk gebracht, und es gab viel, was er nicht sagen konnte. – Auch viel, was sich überhaupt nicht in Worte fassen ließ. Wie er damals seine Neigung, zusammen mit dem Herzog auf der Esplanade mit der großen Peitsche zu klatschen, für sie, wie sie es nannte, mit wunderbaren Gründen verteidigt hatte. Ihr blieb's, als hätte er Unrecht. Wie sie ihm mit dem sanftesten Ton von der Welt verwiesen hatte, in der Öffentlichkeit „Du" zu ihr zu sagen, obwohl sie damals schon zusammen waren. „Er verdirbt andere", hatte sie an Zimmermann geschrieben. Wie der Hof ihr die Aufgabe gestellt hatte, aus diesem Barbaren einen Staatsmann zu machen. Ihn, der alle Sachen so klar und ohne Vorurteile sehen konnte, wenn er nur wollte und der über alles Herr werden konnte. Jetzt war er vielleicht sogar Herr über sie geworden, was nicht einmal Stein in den zehn Jahren Ehe geschafft hatte. Nicht einmal mit sieben Schwangerschaften. Je mehr ein Mensch fassen konnte, desto dunkler und anstößiger wurde einem das Ganze. Gewiss hatten die gefallenen Engel mehr Verstand als die übrigen. Sie war durch Goethe ins Deutsch schreiben gekommen, hatte sich dadurch auch ein wenig aus ihrem Stand begeben. Sie hatten zusammen bei Wielands Mädchen Gevatter gestanden, wie ein verheiratetes Paar. Und sie hatte in Goethes Gartenhaus Spargel gegessen, den er selbst gestochen und gewaschen und den sein Diener Seidel gekocht hatte. Dann war er zum Geheimen Legationsrat ernannt worden, trotz seines unsteten Sinnes. Von ihrer Beziehung war in seinem Werk noch keine Spur. Höchstens im Tasso. Aber in der Leonore von Este hatte sie sich auch nicht gleich wiedererkannt.

# 4. Im Kurbad

*E*r hatte die Fähigkeit, in seine Figuren zu schlüpfen, in Frauen und Männer und im Wilhelm Meister sogar in das Zwitterwesen Mignon. Vielleicht war Mignon ja seiner verstorbenen Schwester Cornelia ähnlich. – Was sie jetzt dachte, lag zehn Jahre zurück. Aber sie spürte, dass es hier in Karlsbad auf eine Entscheidung zulief. Für oder gegen sie! – Aber bis jetzt hatte sie alles, was er vorhatte, vorher geahnt und ihm dazu geraten. Gerade dann konnte er es nicht tun, weil es nicht mehr von ihm kam. – Er hatte angedeutet, dass er eine Reise vorhatte, aber aus dem Harz vor knapp zehn Jahren war er auch wieder schnell zu ihr zurückgekehrt. Künstler! – Als wäre das was! – Er hatte auf den meisten seiner Reisen Tagebuch für sie geführt, und dann bekam sie alles zu wissen, auch die kleinen Ausrutscher. Das Wissen darüber genügte ihr. Sie verzieh ihm dann schnell wieder. – Sie war ja, wie ihr Freund, vom Wohlwollen des Hofs abhängig und hatte ihre Position nur durch intensive Beziehungspflege ausgebaut. – Sie war in der Saison fast jeden Tag bei Hof, wenn sie nicht gerade ein paar Tage in Kochberg blieb. Und er hatte seine Stellung so sehr gefestigt, dass er zusammen mit dem Fürsten in dieses Modebad fuhr und zusammen mit dem Herzog die Honneurs machte.

Ja, Karlsbad war ein tolles Nest, der tolle Hirschenstein! „Wenn unser sanfter Sittenlehrer gekreuziget wurde, so wird dieser bittere zerhackt", hatte sie vor zehn Jahren an Zimmermann geschrieben. Das war auch ihre Angst gewesen, ihren jungen Fant, den sie damals schon ziemlich fest an sich gebunden hatte, wieder zu verlieren. Vielleicht würden ihm die „Kröten und Basilisken" mit einer Intrige eine Falle stellen. – Vielleicht sogar ihr. – Denn wenn der Hof nicht ihrer

Erziehung Goethes zugestimmt hätte, hätte kein Adeliger einen solchen Kuckuck im Adelnest geduldet. Und Goethe tat mit. Er wollte in seinem Urteil über Menschen so sachlich und fest werden wie sie. Das spürte sie. Also hatte sie ihm damals doch etwas vorausgehabt. Vielleicht hatte er auch in den letzten Jahren das Band zwischen ihm und ihr so eng geknüpft, damit ihr Fall desto tiefer wäre, wenn er sie verließe, womit sie ja jeden Tag gerechnet hatte. Er hatte ihr Misstrauen gespürt und sie mit Briefen und Billets besänftigt, aber damit eigentlich entmachtet! – Sie war sonst gar nicht so misstrauisch, sie war nur weltkundig und wusste, wie es in einem Mann zuging. – Männer und Frauen waren zwei verschiedene „Racen"!

Goethe war ja zum zweiten Mal in Karlsbad, mit dem eigenen Landauer und wurde sofort vom Türmer angeblasen wie jeder andere Kurgast auch. Später kam die Frau des Türmers in seine Pension, wünschte Glück zur Kur und erhielt einen Silberzwanziger. Der Zollbedienstete musste für die Besichtigung des Gepäcks und dafür, dass er nichts beanstandete, auch einen Gulden und zwanzig Kreutzer bekommen. Dann zu Fuß in die „Drei Roten Rosen", denn die Kutsche musste sofort in die Remise. Fast jedes großes Haus hatte Stallungen und Wagenschuppen. Die vornehmen Gäste fuhren stets mit eigenem Gefährt vor. Gleich neben seiner Unterkunft logierte Charlotte von Stein im „Weißen Hasen". Zusammen wohnen hätte doch zu viel Aufsehen gemacht. Der Sprudel! – Um die emporschießende Quelle hatte man ein kleines hölzernes Klettergerüst gebaut. Alte Frauen aus der Stadt verdienten sich hier etwas dazu, indem sie die Becher vollschöpften und sie den Kurgästen übergaben. Man sah das bunte gemischte Volk am Neubrunnen. Die alten Frauen knieten auf dem Boden, und vor ihnen standen die Becher, die sie weitergaben. Während des Trinkens unterhielt man sich. Ein Mönch redete mit einem Blaubefrackten. Ein alter Perückenträger hielt seinen Stock zusammen mit einem Becher in der Hand. Das Wasser war ja besonders gut gegen die Gicht. – Blumenverkäuferinnen bahnten sich den Weg durch die Menge, und auch die Harfinistinnen verdienten sich etwas. Ein besonders hübsches Blumenmädchen hatte einen Korb voller Rosen dabei, und Goethe bezahlte „vor eine Rose" einen Kreutzer. So stand es im Ausgabenbuch. Viele Kurgäste gingen an Stöcken, zunächst waren sie alle in der Menge nicht auszumachen. – Ein Lorgnonträger betrachtete durch seine Augengläser von einem kleinen Podest herab die Trinkenden und Schwätzenden, die sich offenbar während der Kur aufs Beste amüsierten.

Ja, sie hatten sich Visitenkarten kommen lassen, diese beschriftet und herumgeschickt. – Sie wussten ja, wen sie kennenlernen wollten und wer sie! Er hatte zunächst einige Visitenkarten für sieben Kreutzer gekauft, diese beschriftet und von einem Lohnbediensteten zu den wichtigsten Badegästen geschickt. Dann hatte er sich noch fünfzig Billets machen lassen und dafür fünfundvierzig Kreutzer bezahlt. Die Hauswirtin hatte den neuen Gast willkommen geheißen und ihn gefragt, ob er wünsche, in die Badeliste eingetragen zu werden und ob ihm diese zugestellt werden sollte. Natürlich hatte er es gewollt, denn jeder vornehme Gast erhielt die Badeliste, um auf die einfachste Weise etwas über die Anwesenden zu erfahren. Er hatte viel von dem Sprudel getrunken, aber nur wenig gebadet, weil ihm die Prozedur zu aufwendig und zu anstrengend war. – Beide, Goethe und Charlotte, nahmen das Frühstück bei ihrer Hauswirtin ein, während ihnen das Mittagessen von einem Traiteur in die Wohnung geschickt wurde, denn Hotels gab es in Karlsbad nicht. Das Haus kostete zehn Gulden die Woche, dem Traiteur zahlte er wöchentlich neun bis zwölf Gulden. Er trank nur Wein, und zwar Melniker und Ratzersdorfer, den er von einem Kaufmann bezog. Die Trinkgelder allein kosteten schon eine Menge: Die Mädchen im Haus, die Magd, die Zettelträgerin, der Barbier, fürs Nachhauseleuchten … Er war dieser Karlsbader Quelle, wie er geschrieben hatte, „eine ganz andere Existenz schuldig". Carl August war auch in Karlsbad, dazu Herder, österreichischer und polnischer Hochadel umschwärmten die drei Herren. Wie gern umgab man sich doch mit den „schönen Geistern"! Mit Hilfe Herders hatte er den endgültigen Text seiner Gesamtausgabe bei dem Verleger Göschen fertiggestellt. Die Ankündigung des Verlegers ließ er unter den Kurgästen verteilen. „Durch den zweijährigen Gebrauch des Bades hat meine Gesundheit viel gewonnen", schrieb er an Carl August. Und er brauchte diese Gesundheit auch. Schon allein für die Reise nach Italien. Er hatte vorgesorgt.

# 5. *Allemande und Walzer*

**H**eute Abend würden sie wieder auf ein Tanzvergnügen in die Reunion im Böhmischen Saal gehen. Goethe war ein ausgezeichneter Tänzer. Er hatte ja auch viel geübt, sich schon in Weimar auf allerlei Bällen, Soirees und Redouten herumgetrieben. Menuett konnte er schön, aber sein Lieblingstanz war und blieb der Walzer, der ihn an Wetzlar erinnerte. Dort war das Reichskammergericht! – Was hatte er damals eigentlich in Wetzlar zu suchen gehabt? fragte sie sich. Er war doch gar kein Jurist. Er hatte mitbekommen, wie sich der arme Jerusalem erschossen hatte und dann daraus einen Roman gemacht. Wenn man dieses Büchlein, den Werther, überhaupt einen Roman nennen konnte!

Der Tanz ging los. Es begann eine Polonaise, und Charlotte klammerte sich fest an die muskulösen Schultern ihres Partners. Nur ihn jetzt nicht verlieren. Dann müsste sie vielleicht den ganzen Abend mit einem anderen Courschneider zubringen. Aber sie blieben beieinander und die Polonaise erschöpfte alle. – Dann spielte die Kapelle ein Menuett, und sie gingen zierlich aufeinander zu und verbeugten sich. Dann schlangen sie sich umeinander. Mein Gott, wie altmodisch, dachte Goethe, die Zeit des Menuetts war doch längst vorbei. Nur der Adel kultivierte es noch. Das Menuett war der Lieblingstanz des französischen Hofes gewesen. Zunächst 144 Viertel pro Minute, dann ging es herunter auf hundert. Das Menuett ging über in eine Allemande. Er wusste, dass die Allemande aus dem Reigen des Mittelalters hervorgegangen war. Das ließ ihn umso frischer mitmachen. Er musste sich Mühe geben, denn er hatte die beste Tänzerin des Weimarer Hofs vor sich, die sogar den Pas de Deux mit dem Hofballett tanzte. Sie zog die Aufmerksamkeit aller Tänzer auf sich, und jetzt, bei künstlichem Licht, wirkte sie jünger als er. Ihr Tanz erinnerte an Tanzformen, die für die Bühne konzipiert waren und die sie durch graziöse, virtuose Ornamente bereicherte. – Jetzt aber kam der Walzer. Er verdrängte langsam das Menuett und erinnerte ihn daran, wie er ihn vor über zehn Jahren in Wetzlar mit Charlotte Buff getanzt hatte. Der Walzer war viel volkstümlicher als das Menuett. Manchmal spielten die Musikanten sogar so, dass die Allemande in einen Walzer überging. Goethe umschloss bei der Drehung den Körper Charlottes mit beiden Armen. Das taten die meisten anderen manchmal auch, und Charlotte gefiel es. Sie drehten sich mit zwei Walzerschritten einmal um die Achse, wobei das erste Mal er, das zweite Mal sie einen größeren Schritt machte. – Es trat eine Pause ein, und die Luft im Böhmischen Saal wurde langsam stickig. Sie gingen kurz nach draußen und entschlossen sich, sich doch zu verabschieden. Ein junges Mädchen leuchtete ihnen für einen Kreutzer nach Hause, dann gingen sie in ihre Quartiere, er in die „Drei Roten Rosen", sie in den „Weißen Hasen".

Es war zwölf Uhr nachts geworden, und er legte sich angezogen auf sein Bett und dachte nach. Gut, dass er für Vogel ein eigenes Zimmer gefunden hatte. Er hatte die Gesamtausgabe bei Göschen fertig, das war immer ein neuer Lebensabschnitt. Er würde seinem Diener Seidel nach Weimar schreiben, dass der sich mit Linné beschäftigen solle, um in der Naturgeschichte vorwärts zu kommen. Er hatte die Erzählung am Schluss des Werther verändert, das war auch schon eine Leistung! Das Gedicht für die siebzehnjährige Caroline von Staupitz war auch fertig, Charlotte hatte er davon gar nichts erzählt. Und Montag früh war der Herzog Carl August abgereist. Jetzt hielt er allein hier den Platz für den Weimarer Musenhof. – Übermorgen würde er Frau von Stein auf der Rückfahrt nach Weimar bis Schneeberg begleiten. Er hatte im Stillen mancherlei getragen, setzte sich noch einmal an den kleinen Sekretär in seinem Zimmer und entwarf einen Brief an sie: „Ich habe nichts so sehnlich gewünscht, als dass unser Verhältnis sich so herstellen möge, dass keine Gewalt ihm etwas anhaben möge. Sonst mag ich nicht in deiner Nähe wohnen." – Vielleicht verstand sie, was er meinte. – Er würde ganz allein und unter fremdem Namen in den Süden gehen und würde über die, die seine Unternehmung für sonderbar hielten, nur lachen.

# 6. Der Erde näher kommen

...

**B**is Schneeberg in der gleichen Kutsche. Schneeberg lag nicht weit von Zwickau. – Das war fast die Hälfte der Strecke nach Weimar. Aber nur so konnte er sicher sein, dass sie wirklich weg war und er allein, ohne alle Ablenkungen, seine Abreise nach Rom vorbereiten konnte. Er hatte gespürt, wie gut er sich letztes Jahr 1785 erholt hatte, und die diesjährige Erholung sollte seiner Italienreise dienen. Er begleitet Charlotte in ihrer Kutsche bis Schneeberg, damit er sich sicher sein konnte, dass sie wirklich weg war, wenn er in den Süden aufbrach.

Der Mantelsack und sein Dachsranzen würden genügen. Natürlich mussten auch die Manuskripte, an denen er in Rom arbeiten wollte, mit. Die Iphigenie klang noch etwas holprig, aber dem war mit Sicherheit abzuhelfen. Im Tasso würde er sich dann noch einmal mit dieser zehnjährigen Beziehung mit der älteren Frau auseinandersetzen, die Charlotte jetzt für ihn und die Zeit war. Sie hatte ihn gebannt, das wusste er. – Er wollte nur weg, denn nur die Gegenwart bedeutete ihm etwas. Jetzt kam eine neue Gegenwart, und die alte würde in der Versenkung verschwinden. Er würde mindestens zwei Jahre brauchen, bis der Geist des Ortes Weimar nicht mehr spukte. – Er hätte ja vorher mit ihr sprechen können, aber er wusste, was für maulstopfende Redensarten sie in ihrem Repertoire hatte und dass er sich manchmal nicht gegen sie wehren konnte, weil sie Argumente niederschlug und gleich den Verstand des anderen angriff. Nein, es musste eine wortlose Flucht werden. Und in seinen Briefen von unterwegs würde kein einziger Vorwurf stehen. „Ich tue das alles nur für dich. – Ich will Italien mit deinen Augen sehen, und meine Briefe sind für dich. – Ich mache später ein Buch daraus."

Am 23. August 1786 hatte er ihr aus Karlsbad, da war sie schon wieder zu Hause in Weimar, geschrieben: „Und dann werde ich in der freien Welt mit dir leben, und in glücklicher Einsamkeit, ohne Namen und Stand, der Erde näherkommen, aus der wir genommen sind." Niederträchtiger konnte man doch gar nicht lügen. So lügt man nur, wenns ums Überleben geht. Das hieß doch nichts anderes, als dass er mit ihr, einer alten Frau, auf und davon ging. Wer glaubte das denn? „Der Erde näher kommen, aus der wir genommen sind ...."? Wovon sollten sie denn „in glücklicher Einsamkeit" leben? Er machte sich Illusionen, er log oder er war verrückt! – Und die Realität würde ihr ja beweisen, dass sie Recht hatte! Das Bewusstsein war keine hinlängliche Waffe ... – Sollte er das alles intuitiv arrangiert haben? Er hatte sie in einen Hinterhalt gelockt. Man würde seine Briefe später finden und herausgeben. – Das war ihm gleichgültig, solange er, zu ihren Lebzeiten, mit dem Herzog die Macht auf seiner Seite hatte.

Und am 1. September 1786, zwei Tage vor seiner Abreise nach Italien, hatte er geschrieben: „Das wiederhole ich aber, dass ich dich herzlich liebhabe, dass unsere letzte Fahrt nach Schneeberg mich recht glücklich gemacht hat und dass deine Versicherung, dass dir wieder Freude zu meiner Liebe aufgeht, mir ganz allein Freude ins Leben bringen kann." – „Freude zu meiner Liebe?" – Was sollte das heißen? Das war zum Teil genauso unklar wie seine gelogenen Billets. – Darf eine verlassene Frau ihren Schmerz zeigen? – Vor allem, wenn sie adlig ist und ihr Liebhaber bürgerlich. Dass eine adlige Frau mit ihrem Liebhaber ins Bett ging, war selbstverständlich. War der Liebhaber bürgerlich, durfte nur nicht darüber gesprochen werden. Sie würde ein Rätsel daraus machen und ihre Briefe vernichten. Vielleicht mochte er sie ja immer noch, aber vielleicht ging es für ihn nicht anders. Er hatte ihre fast zweitausend Briefe ja dem Hof zugänglich und festverschlossen aufbewahrt. Außerhalb seines Hauses. Er wusste, dass sie diese nach dem Bruch, denn ein Bruch war seine „Unartigkeit" schon, zurückfordern würde. Er wusste auch, dass diese Briefe eine Kostbarkeit waren, die nicht an die Öffentlichkeit durften. Andernfalls wäre er in der Adelsgesellschaft verloren gewesen. Vielcht hatte er auch gewusst, wie sehr sie sein Aufbruch treffen würde und versucht, ihr mit seinen lügnerischen Briefen den Abschied leichter zu machen. – Nein, er hatte eiskalt gelogen, ohne die geringsten Gewissensbisse. – Angesichts ihrer zehnjährigen engen Beziehung waren seine freundlichen Briefe aus Italien versteckte Eiseskälte. Siehst du, wird er gedacht haben, ich behalte meine Fassung, so wie du es mich gelehrt hast. – SIE war seine Beraterin in Kommunikationsangelegenheiten geworden. Aber eine Frau wie sie hatte in der Weimarer Gesellschaft ohne Mann keine richtige Zukunft mehr, vor allem wenn ihr Ehemann auch noch starb. Sie konnte nur noch nützlich sein. Wem nützlich? – Natürlich IHM, mit dem sie zehn Jahre lang liiert gewesen war. Sie hatte ihn den Hofton gelehrt, und er hatte diesen Hofton wiederum gegen sie verwendet. Doch, er hatte gelernt. – Das Zauberwort hieß „allmählich"! – Allmählich würde er sich von dieser Weimarer Mischpoke abnabeln! „Ob's Unrecht ist, was ich empfinde / und ob ich büßen muss, die mir so liebe Sünde, / will mein Gewissen mir nicht sagen. / Vernichts der Himmel, / wenn's mich je könnt anklagen!"

Sie war eine Frau, die ihren sieben Jahre jüngeren Geliebten nie aufgeben würde und sich ihn zurückholte, wenn er Fluchtgedanken empfand. – Was ging sie das langsame Dahinsiechen ihres Ehemannes an. Ein Knochen im Hirn, darüber konnte sie nur lachen. Sie hatte jetzt einen Neuen, ein Genie, dazu jünger und kraftvoller. Ein Künstler! – Und er würde sie nicht schwängern. – Aber die Lust, die er ihr gab!! – Nicht nur die körperliche, auch die seelische und lebendige. – Mit allen Mitteln würde sie ihn halten, auch mit Kraft ihrer Empathie, die nahe ans Übersinnliche grenzte. Sie wusste, dass sie diese Kraft hatte und kultivierte sie, hatte immer kühlen Kopf behalten, wenn er Ausflüge zu anderen machte. SIE WOLLTE IHN!! – Die Welt war Wille und Vorstellung, das war die Quintessenz aus Kants Philosophie, von der sie gehört hatte. Sie wiederholte es noch einmal vor ihrem Inneren: MIT ALLEN MITTELN! – Und die sollten jetzt versagt haben? War er klüger als sie, sie mit ihrer Energie, die sie aus der Natur, aus der Pflanzenwelt nahm? – Sie wusste, dass sie sich nicht einmal rächen konnte, denn er saß sicher im Sattel.

Jens Korbus, 1943 in Ostpreußen geboren, studierte in Bonn und Düsseldorf Germanistik und Philosophie und schrieb seine zwei Staatsarbeiten über Heinrich Heine und Max Frisch. Er war eine Zeitlang Assistent am Germanistischen Institut der Universität Düsseldorf und unterrichtete dann Deutsch und Philosophie an einem Koblenzer Gymnasium. 1988 erhielt er den Fachinger Kulturpreis für seinen Brief an Goethe. Er hat bis heute 22 Bücher geschrieben, davon acht über Goethe.

# Weitere Bücher von Jens Korbus

Als Jens Korbus im September 1988 erster Preisträger beim Fachinger Kulturpreis wurde, hatte er von seinen achtzehn Büchern noch keines geschrieben. Aber er beeindruckte Professor Herbert Heckmann, den damaligen Präsidenten der Deutschen Akademie für Sprache und Dichtung und die vier anderen Jurymitglieder so, dass er (die Texte wurden anonym eingesandt) den 1. Preis erhielt. Es folgten ein Cagliostro-Roman und siebzehn weitere Erzählungen und Novellen, sechs davon über Goethe. Jens Korbus stellt sich mit seinen sechs hier versammelten Büchern als ausgewiesener Goethe-Kenner dar. Er ist studierter Germanist und Philosoph.

- Goethes Schöne Mailänderin
- Ob's Unrecht ist, was ich empfinde
- Leben in Weimar
- Goethes Krafft
- Charlotte
- Dein Herz hält alles aus

**Jens Korbus**
Mein Goethe
396 Seiten
ISBN 978-3752832297
€ 15,90 (Taschenbuch)
€ 6,49 (Ebook)

# Weitere Bücher von Jens Korbus

**Cagliostro**
ISBN 978-3734791093
€ 8,99 (Taschenbuch)
€ 2,99 (eBook)
Über Cagliostro, den bekanntesten Okkultisten des 18. Jahrhunderts, der aus dem Kerker der Inquisition entkommen kann und sein abenteuerliches Leben erzählt.

**Brandt Warner**
ISBN 978-3744830201
€ 7,99 (Taschenbuch)
€ 2,99 (eBook)
Der Universitätsdozent Brandt Warner wird in der kleinen rheinischen Universitätsstadt Alt-Muhl in den Strudel der Ereignisse um seine Heine-Vorlesung hineingerissen. Eine Studie über die Freiheit, die immer die Freiheit des Andersdenkenden ist.

**Unterhaltungen deutscher Aufgestiegener:** Zwei Erzählungen und ein Erzählzyklus
ISBN: 978-3746056111
€ 7,99 (Taschenbuch)
€ 3,49 (eBook)
Geschichten von zumeist gescheiterten Beziehungen. Die Erzählungen zeigen die Hoffnungen und Enttäuschungen der ganzen Generation der frühen neunziger Jahre.